中华古典文学选本丛书

苏轼词选

姜红雨 马大勇 选注

中华书局

图书在版编目（CIP）数据

苏轼词选/姜红雨，马大勇选注. —北京：中华书局，2023.4
（中华古典文学选本丛书）
ISBN 978-7-101-15926-4

Ⅰ.苏…　Ⅱ.①姜…②马…　Ⅲ.宋词-选集　Ⅳ.I222.844

中国版本图书馆 CIP 数据核字（2022）第 185248 号

书　　　名	苏轼词选
选　　　注	姜红雨　马大勇
丛 书 名	中华古典文学选本丛书
责任编辑	傅　可
责任印制	陈丽娜
出版发行	中华书局
	（北京市丰台区太平桥西里 38 号　100073）
	http://www.zhbc.com.cn
	E-mail:zhbc@zhbc.com.cn
印　　　刷	大厂回族自治县彩虹印刷有限公司
版　　　次	2023 年 4 月第 1 版
	2023 年 4 月第 1 次印刷
规　　　格	开本/880×1230 毫米　1/32
	印张 7　插页 2　字数 150 千字
印　　　数	1-5000 册
国际书号	ISBN 978-7-101-15926-4
定　　　价	32.00 元

前　言

一

王国维有云："三代以下之诗人，无过于屈子、渊明、子美、子瞻者。此四子者，苟无文学之天才，其人格亦自足千古。故无高尚伟大之人格，而有高尚伟大之文学者，殆未之有也。"[1]这是一个诗学命题，但我以为更应该拓宽到文化史意义上的理解：观堂先生准确地找到了中国文人追慕、崇仰的四个人格样板。我常常引用这个说法，只有一点小变化——按任我行纵论天下英雄的惯例再加上半个[2]：无数人神往但学不到神髓的李白。

这就有意思了。唐朝以前一千多年，是文人相对稀少的时段，但是出现了三个半人格样板；唐朝以后一千多年，文人多如过江之鲫，无可计数，但千筛万选，最终只有苏轼一人杀入总决赛。他的气场到底

1　《人间词话》。
2　见金庸《笑傲江湖》第二十七回《三战》。

有何特殊,能够这样磁吸着我们? 或者换个角度来说,我们为什么这样热爱苏轼?

是因为他的文、诗、词、书皆高踞有宋一代巅峰,是全能的文艺天才,著述汪洋,难以窥测,被后人称为"苏海"? 还是因为他性情辽阔涵纳如大海,"吾上可以陪玉皇大帝,下可以陪卑田院乞儿。眼前见天下无一个不好人"[1]? 是因为他身负绝代才华而累遭流放,最终落得个"问汝平生功业,黄州惠州儋州"[2]的悲怆结局? 还是因为他谐趣横生,妙语妙事俯拾皆是,与佛印、与苏小妹、与春梦婆……任意提起一个都令人拍案解颐? 或者是因为林语堂笔下的他过于"变形金刚"——"苏东坡是个秉性难改的乐天派,是悲天悯人的道德家,是黎民百姓的好朋友,是散文作家,是新派的画家,是伟大的书法家,是酿酒的实验者,是工程师,是假道学的反对派,是瑜伽术的修炼者,是佛教徒,是士大夫,是皇帝的秘书,是饮酒成瘾者,是心肠慈悲的法官,是政治上的坚持己见者,是月下的漫步者……"[3]?

应该都是吧? 连同我们在上文没有提到的那些元素,它们纵横交错,互吸互斥,构成了这座名字叫作"苏轼"的引力场,构成了"中国文人的通用电码,一点就着,哪怕是半山深夜、海峡阻隔、素昧平生"[4]。

1　高文虎《蓼花洲闲录》。
2　苏轼《自题金山画像》。
3　林语堂《苏东坡传》,张振玉译本。
4　余秋雨《苏东坡突围》。

二

在这座引力场中，苏轼划出了变幻光怪、精华夺目的人生轨迹。对于这一种轨迹，读者诸君想必已经熟极而流，不待赘说。但就像这篇本就显得多余的前言一样，我还是愿意唠叨几句自己心目中的苏轼。

宋仁宗景祐三年（1036）十二月十九日[1]，苏洵喜得贵子，不久，为他命名"轼"，字子瞻。在《名二子说》中，苏洵解释了来由："轮辐盖轸，皆有职乎车，而轼独若无所为者。虽然，去轼则吾未见其为完车也。轼乎，吾惧汝之不外饰也。"在这里，苏洵只表达了"外饰"的意思，或许是因为出自《左传》的"轼而望之"[2]——也即"凭轼而瞻"——的典故为人熟知的缘故，没必要过多解释[3]。像普天下的父亲一样，苏洵在长子身上寄托了登高望远、胸次浩然的理想，而苏轼也的确没有辜负父亲的殷切期望。嘉祐元年（1056），虚龄二十一的苏轼首次出川赴京参加礼部试即爆冷高中。主考官欧阳修激赏其《刑赏忠厚之至论》，但见此文高峻奇伟，以为非自己熟悉的弟子曾巩不能办，为避嫌而置之第二。

1　公历已入 1037 年，此用习惯计法。
2　《左传·庄公十年》。
3　"瞻"亦有《论语》所谓"尊其瞻视"意，希望此子在己在国，既为不可缺之品物，又备其外饰，增其观瞻。见吉常宏、吉发涵《古人名字解诂》。

　　似乎是为了弥补这个过失，欧阳修对这位来自四川的年轻人极尽褒扬之能事。在写给梅尧臣的信中，他说："读轼书，不觉汗出，快哉快哉！老夫当避路，放他出一头地也。可喜可喜。"与儿子论文则云："汝记吾言，三十年后世上人更不道着我也！"[1]以欧阳氏文坛盟主、政界高官的双重话语能量，如此鼓吹，苏轼怎可能不一夜成名，他迅速成为当世第一流行文化符号。他的"粉丝"里有着当朝天子宋神宗，也有着"女中尧舜"高太后，甚至苏轼被祸后："朝廷虽尝禁止（其诗文），赏钱增至八十万，禁愈严而其传愈多，往往以多相夸。士大夫不能诵坡诗者，便自觉气索，而人或谓之不韵。"政治犯苏轼的诗文禁止不了，而且还愈传愈广。不能背诵苏诗者，出门都不好意思跟人打招呼！就连苏轼手制的高筒短檐帽子，也都倾动天下，人争佩之，名曰"子瞻帽"。凡此种种，足见其天王巨星风采，那不是今日任何一个娱乐、体育明星能望其项背的。

　　可是"木秀于林，风必摧之"，他那横溢的天才、爽朗的笑声把周边那一批嫉贤妒能的官僚、鼠肚鸡肠的文人都映射得过于昏暗和狼狈。他们就像《狮子王》里的那群土狼，平时懦弱地栖息在潮湿的山洞中撕扯腐肉，一俟时机到来，就立即成群逐队、阴险凌厉地向雄伟的狮子发动了攻势。时人对此有一针见血之论："东坡何罪？独以名太

---

[1]　分别见《与梅圣俞书》、《曲洧旧闻》卷八。

高与朝廷争胜耳！"[1]

　　王安石变法是中国历史一大公案，不易三言两语裁定是非，而苏轼之为"旧党"反对新法也有值得解说处。《苏东坡先生本传》载其对神宗语："陛下……不患不明，不患不勤，不患不断，但患求治太急，听言太广，进人太锐。愿镇以安静，待物之来，然后应之。"尽管是场面话，不能不有所恭维，也能看得出苏轼并非从根本上反对新法，而是反对那种疾风骤雨、伤本摧元式的推行方式。类似的圭角芒刺遭到神宗的疏远、王安石的疑忌，土狼们也早隔空嗅到了这一丁点令他们兴奋的气味。于是，何定国、舒亶、王珪、李定等各层面的官员交章弹劾（甚至还有大科学家沈括），苏轼大祸临头。元丰二年（1079）八月十八日，苏轼从湖州刺史任上被提解入御史台，身陷中国古代最著名的一起文字狱——乌台诗案。叙述苏轼在乌台饱受的灵肉摧残者，以余秋雨《苏东坡突围》中的这段最令人唏嘘不已：

　　　　请允许我在这里把笔停一下，我相信一切文化良知都会在这里颤栗。中国几千年间有几个像苏东坡那样可爱、高贵而有魅力的人呢？但可爱、高贵、魅力之类往往既构不成社会号召力也构不成自我卫护力，真正厉害的是邪恶、低贱、粗暴，它们几乎战无不胜、攻无不克、所向无敌。现在，苏东坡被它们抓在手里搓捏

1　刘世安语，见《元城语录》。

着,越是可爱、高贵、有魅力,搓捏得越起劲。温和柔雅如林间清风、深谷白云的大文豪面对这彻底陌生的语言系统和行为系统,不可能作任何像样的辩驳,他一定变得非常笨拙,无法调动起码的言语,无法完成简单的逻辑。他在牢房里的应对,绝对比不过一个普通的盗贼。因此审问者们愤怒了也高兴了,原来这么个大名人竟是草包一个,你平日的滔滔文辞被狗吃掉了? 看你这副熊样还能写诗作词? 纯粹是抄人家的吧? 接着就是轮番扑打,诗人用纯银般的嗓子哀号着,哀号到嘶哑。

一百零三天,当这副中国纯度最高的白银嗓音终于变得彻底嘶哑了以后,神宗皇帝几经踌躇,法外开恩,给了他"水部员外郎、黄州团练副使、本州安置"之处分,其实是编管于黄州"监视居住",稍具体面的高级囚犯而已。在黄州,苏轼的生活艰辛窘困,苦雨凄风,仅从他"每月朔,取钱四千五百,断为三十块,挂屋梁上,平旦用画叉挑取一块"[1],足以见出其捉襟见肘。可是,越是这样的逆境才越发显示出苏轼的本事,他总能把日子和心境都调适得和厚有味。

初到黄州,苏轼就盯上了绕郭长江和连山好竹,知道自己将有美味的鱼、笋可以享用。久居黄州,又买来"贱如泥"的花猪肉,精心烹

---

[1] 罗大经《鹤林玉露》。

制,大快朵颐[1]。此期诗文言食物者颇多,连缀起来几乎就是一部"舌尖上的黄州"了。吃,当然不只是吃。李国文说得好:"会吃,懂吃,有条件吃,而且有良好的胃口,是一种人生享受。尤其在你的敌人给你制造痛苦时,希望你活得悲悲惨惨,凄凄冷冷戚戚,希望你厌食,希望你寻死上吊,而你像一则广告里说的那样'吃嘛嘛香',那绝对是一种灵魂上的反抗。应该说,苏东坡的口福,是他在坎坷生活中的一笔精神财富,如果看不到这点,不算理解苏东坡。""吃得香,睡得着,写得出,而且写得好,斯为大家。"[2]

在黄州,"吃得香,睡得着"的苏轼的文学天才出现了前所未有的"井喷"势头。前后《赤壁赋》《念奴娇·赤壁怀古》《定风波·三月七日沙湖道中遇雨》《正月二十日与潘郭二生出郊寻春》《海棠》……一大批"不可无一、不能有二"的确认其文学史崇峻地位的佳作络绎不绝,令人目眩。正是在这样的景况下,苏轼带着光风霁月、毫不介怀的微笑,信手挥洒,信口高唱,轻灵而华丽地诠释了何谓诗、文、词的顶尖境界,何谓"儒释道互补"的思想格局,何谓人生这部大书的真谛。

对于"这位一辈子没完没了犯小人的大师"来说,黄州五年的谪居只是一生大起大落的开头。经历了不到十年比较顺遂的官场生涯,

1　苏轼《初到黄州》诗云:"长江绕郭知鱼美,好竹连山觉笋香。"《食猪肉诗》云:"黄州好猪肉,价贱如粪土。富者不肯吃,贫者不解煮。慢着火,少着水,火候足时它自美。每日起来打一碗,饱得自家君莫管。"
2　李国文《嘴巴的功能》。

元祐九年（1094），苏轼再遭流放。这一次，主持贬谪的最高行政长官居然是他曾经的好友章惇，而贬所则是远在岭表、未曾开化的惠州。经历了这样多重打击的苏轼，在惠州仍然活得甜美丰腴，胃口、睡眠依旧奇佳。反目的好友冷酷起来尤胜仇敌，章惇听说苏轼还能写下"日啖荔枝三百颗，不辞长作岭南人""报道先生春睡美，道人轻打五更钟"的诗句[1]，一声狞笑："苏子瞻尚尔快活？"遂再贬其为琼州别驾，昌化军安置。跨海来到儋州（今海南儋州市）的苏轼时年六十二岁，垂老投荒，日薄西山，政治、经济生活跌落到了一生的最低水平线上。谁都会以为苏东坡就此失声了、完蛋了、不可能再挺起腰杆了，然而三年后遇赦北还，历经摧折、命途将尽的苏轼竟然在这首诗里敲响了一生中最洪亮的钟磬之音："参横斗转欲三更，苦雨终风也解晴。云散月明谁点缀，天容海色本澄清。空余鲁叟乘桴意，粗识轩辕奏乐声。九死南荒吾不恨，兹游奇绝冠平生！"[2]

"九死南荒吾不恨，兹游奇绝冠平生"！这十四个字绝对是中国文化史上最具震撼力量的宣言之一，它负载和传递着苏轼沛然莫御的人格重量，构成了我们热爱苏轼最过硬的理由。还是林语堂先生说得透彻："苏东坡之魅力，正如女人身上的风情，花朵自在的美丽芬芳，可以感知，但谁也说不清其中的成分……显然，他的内心蕴蓄有一股本真

---

[1]　苏轼《惠州一绝》《纵笔》。
[2]　苏轼《六月二十日夜渡海》。

的力量，无人可以抵挡。这股力量天生存在，自然迸发，直到死神逼他合上嘴巴，不再谈笑为止。"[1]

三

我不准备在前言花很多篇幅喋喋不休谈苏轼的词，词只是他魔幻般的人格力量的一部分而已。但是我们也不能不说，在"词"这个晚生代的韵文体式发展历程中，苏轼如昆仑般代表着词的终极高度，为后人树立了难以攀附的标尺。在有关苏词汗牛充栋的议论中，王兆鹏先生的说法一直给我留下深刻印象。他以为，东坡为词坛树立了一个重量级的"范式"。在这个范式中，包含着"主体意识的强化：词的抒情主人公由'共我'到'自我'的转变""感事性的加强：由普泛化的抒情向具体化的纪实的转变""力度美的高扬：词的审美理想由女性化的柔婉美向男性化的力度美的转变""音乐性的突破：词从附属于音乐向独立于音乐性的转变"这四个主要方面[2]。这一范式的成立，即将千古词坛笼罩在自己投射的影子下面。黄庭坚、贺铸、朱敦儒、张元幹、张孝祥、辛弃疾、刘过、刘克庄、蒋捷、元好问、陈维崧、蒋士铨、龚自珍、文廷式、王鹏运、柳亚子、毛泽东、夏承焘、钱仲联、龙榆生……这个名单完全可以开得更细更长，他们都自具面目、各辟家数，但一个共同

1　林语堂《苏东坡传》，笔者综合张振玉、宋碧云译本语意。
2　王兆鹏《论东坡范式》，见其《唐宋词史论》。

点则是：他们都踩在了苏轼宽阔的肩膀上。

对于这样一座词史昆仑，多做几个选本显然是应该的。

可是，我来承担这个任务还是另有别情。

多年来，除了教学工作之必需，我已经很少接触宋词，而主要在清代及现当代诗词里打转。所以，当中华书局编辑诚恳约稿的时候，我的本能反应便是感谢和推辞。最终答应下来的次要原因是我的确有着"东坡情结"，而主要原因则是好友姜红雨先生的大力臂助。

红雨不仅是我的"发小儿"，某种程度上也是我走进古代文学研究的启蒙者。二十多年前我们的所谓"唱和"，当然现在回头看会脸红，可是那颗稚嫩的种子也相当可爱、值得珍惜。有一个机会为我们三十年的友情与共同爱好留下一份阶段性的见证不是很好么？更何况，红雨是东坡的超级"粉丝"，对东坡的理解远胜于我，而他的文字又是那样精悍灵动，笔端常含感情与幽默！

征得红雨的同意后，这部薄薄的小书就上马了。两个多月来，红雨在繁忙的工作中抽出时间选、注、评，每成一篇，即第一时间投递给我，由我进行"来料加工"。他常常担心，自己不在学院中，学术规范或有疏漏，"唯恐被人耻笑了他去"，我则坚信，东坡词选早就数以百计，这一本如果不能有点独特之处，那么优孟衣冠，何用有我？所以，红雨的"非学院派"气质恰恰是这本书所需要的，他的不受羁束的才气一定能带来些别出心裁的、清风拂面的东西。这就足够了。在"来料加工"的过程中，我当然关注学术规范，同时也小心翼翼，不让学术规范过多遮挡了红雨俯拾皆是的闪光点。只是两者间的矛盾未必能完全调和，那么，如果改定稿还有一些缺陷的话，则我这间"加工厂"当独任其咎。

　　本书选入苏轼词八十二首，并予以注释、评析，兼顾名篇的同时，也力求解读一些有意味而其他词选所不取者。所选词大抵按薛瑞生先生《东坡词编年笺证》，并参考孔凡礼先生《苏轼年谱》排序，目的在于粗略凸显这座词史昆仑的生成轨迹。同时，我们还参考了邹同庆、王宗堂先生《苏轼词编年校注》、刘石先生《苏轼词》、吴熊和先生《唐宋词汇评》等大量文献，我的博士生赵郁飞做了大量细致的技术性工作，在此并致谢忱。

　　感谢这本小书，给我和红雨三十年的友情带来了两个多月的"新篇章"，当然也感谢中华书局编辑的宽厚与豁达，使得这本小书的撰写与面世成为可能。但是由于我们的学识、时间以及篇幅等因素的共同限制，这本小书还存在太多的不如意。它能不能像我预想的那样真的带来一点清新呢？自说无益，还是敬请读者诸君裁夺、批评罢！

　　　　　　马大勇　癸巳立秋后四日于佳谷斋

目 录

行香子

过七里濑[1]

　　一叶舟轻。双桨鸿惊[2]。水天清、影湛波平。鱼翻藻鉴，鹭点烟汀[3]。过沙溪急，霜溪冷，月溪明。　　重重似画，曲曲如屏。算当年、虚老严陵[4]。君臣一梦，今古空名[5]。但远山长，云山乱，晓山青。

　　本篇为熙宁六年（1073）二月，苏轼任杭州通判时巡查富阳、新城，过七里濑而作。

　　富阳一带，山水清绝，历来歌咏不断，笔墨钟情。尤其有名的《富春山居图》勾画的便是此中胜景。读此词，很自然联想起吴均的《与朱元思书》。是的，这就是那封著名书信的词体版。上片即"风烟俱净，天山共色。从流飘荡，任意东西。自富阳至桐庐一百许里，奇山异水，天下独绝。水皆缥碧，千丈见底。游鱼细石，直视无碍。急湍甚箭，猛浪若奔"诸句，下片则是对"鸢飞戾天者，望峰息心；经纶世务者，窥谷忘反"的体会。

　　出世入世，对人生而言，是硬币的两面。在任何一面一意孤行，人生都会失去回旋的余地，在精神世界里失去救赎空间。能给人心灵涵养者,除了好书,便是自然山水之胜,这也是古人"读万卷书,行万里路"理想的一部分。在离开官府衙门和酒筵歌席之后,苏轼这次有了个出差的机会,他放棹桐庐,在脉脉清流中尽兴徘徊流连,从而勃发山林之兴。"算当年、虚老严陵。君臣一梦,今古空名"这一句,正反映出壮年苏轼在入世出世之间两难舍弃的纠葛心理。然而,本质作为诗人的他,此时此刻,终敌不过自由灵魂的诱惑,终归冥想入云,物我两忘。"但远山长,云山乱,晓山青",高旷的排比句正是飘逸的人格境界之映像。

严子陵是历史上最有名的隐士之一,有人说他的特立独行是变相的沽名钓誉,所谓"时人未会严陵志,不钓鲈鱼只钓名"(韩偓《招隐》)是也。其实严光的选择不是行为艺术,而是对自己内心的坚守。精神生态系统完整,有利于种群发展,这是隐士的特别贡献。出世入世在精神层面是矛盾体,在现实中则不妨并行不悖,所以范仲淹《严先生祠堂记》云:"云山苍苍,江水泱泱。先生之风,山高水长。"这位"入世"名臣对严光也是极致景仰之忱的。

---

1 七里濑:又名七里滩、七里泷,在今浙江桐庐县城南三十里。

2 "双桨"句:船桨划水,如鸿雁惊飞。三国魏曹植《洛神赋》,"翩若惊鸿"。

3 藻鉴:形容浮有水草的平静如镜的水面。汀,水中或水边的平地、小洲。

4　严陵：即严光，字子陵，东汉人，曾与刘秀同学。刘秀称帝后，严光改名隐居。刘秀派人召至京师，授谏议大夫。辞不受，仍归隐富春山。

5　"君臣"二句：谓这对君臣的故事消逝如梦，只留下缥缈空名。

昭君怨

金山送柳子玉瑾

谁作桓伊三弄[1]。惊破绿窗幽梦。新月与愁烟。满江天[2]。　　欲去又还不去。明日落花飞絮。飞絮送行舟。水东流。

这首清疏峻洁的小词作于熙宁七年（1074）二月，词题中柳子玉（瑾）是润州丹徒人，与东坡谊兼戚友。前一年苏轼赴常州、润州一带赈饥，曾与子玉一聚。

这是一首典型的小令。夏承焘先生认为小令出于酒令，为酒宴助兴取乐，文人们往往喜欢各显才能，争奇斗艳，不断地为旧的酒令形式填写新的内容，并且交给歌舞乐妓当宴表演，因此须"短歌悦耳，无致人厌"，这就奠定了小令精练含蓄的形式特征。

产生于唐宋之交的《花间集》是宋词的先导，基本上都是小令，内容以男欢女爱为主，有明显调情助兴的色彩。经过李后主、冯延巳、晏殊等词人的发展，小令的品位有明显提升，更加清新隽永。苏轼的这首小令，上下两片合起来也只有40个字，干净简练，如清水出芙蓉，脱胎于《花间》而洗尽铅华。

　　浪漫主义诗人创造性强，不墨守成规的成分较多。中国文学史为人艳称的"二仙"——诗仙和坡仙——一个凭《忆秦娥》和《菩萨蛮》成为百代词曲之祖，另一个借《念奴娇》和《水调歌头》开豪放词派，为千年所宗。相形之下很有意思的是，现实主义顶峰老杜留下了一千四百多首诗，却无一首词。其中缘故，似可深思。

1　桓伊三弄：桓伊，字叔夏，小字子野。东晋时音乐家，善筝笛。《世说新语·任诞》载："王子猷（徽之）出都，尚在渚下。旧闻桓子野善吹笛，而不相识。遇桓于岸上过，王在船中，客有识之者，云：'是桓子野。'王便令人与相闻，云：'闻君善吹笛，试为我一奏。'桓时已贵显，素闻王名，即便回下车，踞胡床，为作三调。弄毕，便上车去，客主不交一言。"

2　"新月"二句：客将远行，故如此说。张继《枫桥夜泊》："月落乌啼霜满天，江枫渔火对愁眠。"

蝶恋花

京口得乡书

雨后春容清更丽。只有离人，幽恨终难洗[1]。
北固山前三面水[2]。碧琼梳拥青螺髻[3]。 一
纸乡书来万里。问我何年，真个成归计[4]。回
首送春拚一醉[5]。东风吹破千行泪。

本篇为苏轼任职杭州通判时期写于镇江，是其词集中唯
一一首集中表达思乡之情的作品。

思乡是一种非常独特的情感，它是一种来自生物本能的
巨大情感吸附力。童年的环境随着视觉、听觉、嗅觉被全方位
地吸收进大脑和血液中，无论那里变或者没变，睽隔多年回去
之后，我们都能在空气中捕捉到那一份熟悉的气息。这种感
情，越是漂泊，越是常常被想起，最后虚化为一处精神的避难
所。每个人的故乡情结都独一无二，难被分享。所以，当苏轼
在春容如洗的镇江收到家乡来信，内心涌起的怀思之情当是
异常澎湃的。

可是，词却顾左右而言他，先从青山春雨说起，渐渐流露
出"幽恨"，至下片才写出乡情之浓烈。煞拍侧锋着笔，自"乡

书"写到"送春"，其实是衬托归乡无计的寂寥清冷。在末句的那个"破"字中，乡情已如涌泉迸开地表，喷薄冲天。如此烘云托月，深得诗歌蕴藉三昧。

1 幽恨：深埋的怨恨。

2 北固山：在今江苏镇江市，三面临水。

3 "碧琼"句：碧琼，绿色的美玉，喻江水。青螺髻：青螺形状的发髻，喻北固山。

4 "真个"句：真个，真的。归计，归家的打算。

5 拚（pàn）：甘愿，不顾惜。

醉落魄

离京口作[1]

　　轻云微月。二更酒醒船初发。孤城回望苍烟合[2]。记得歌时，不记归时节。　　巾偏扇坠藤床滑[3]。觉来幽梦无人说。此生飘荡何时歇？家在西南，长作东南别[4]。

　　"轻云微月。二更酒醒船初发"，极幽旷，极安静，酒醒后人尚怔忡，已在路上。回望孤城，云气弥漫，雾霭沉沉，渐行渐远。"记得歌时，不记归时节"，即小晏"醉别西楼醒不记"之意，但小晏写风情，苏轼写乡愁。"巾偏扇坠"，醉后狼藉貌。二更夜航，船行水上，摇摇轻飏，更有飘荡之感，自然引出"此生飘荡何时歇？家在西南，长作东南别"之结语，弥漫着苍烟一般的萧索与感伤。此词为苏轼三十六岁所作，当此际，一代高才焉知余生竟至远窜海南，殁于常州，"长作东南别"？

1　本篇作于熙宁七年（1074）杭州通判任上。京口，今江苏镇江市。
2　合：笼罩。

3　"巾偏"句：头巾偏了，扇子掉落，形容睡梦中不知不觉。

4　"家在"二句：苏轼自熙宁四年（1071）任杭州通判，已近三年。此次离京口，更与远在西南的家乡背道而驰。

菩萨蛮

杭妓往苏迓新守杨元素,寄苏守王规父[1]

玉童西迓浮丘伯[2]。洞天冷落秋萧瑟。不
用许飞琼[3]。瑶台空月明[4]。　　清香凝夜宴。
借与韦郎看[5]。莫便向姑苏。扁舟下五湖。

　　这是一首带有朋友间调侃色彩的词,近乎雅谑,写得精
巧、风趣,但说不上多么出色,所以也不必过多解释。之所以
选在这里,主要是想说一说官妓这个话题。苏轼不少作品都
有携妓往还的情况,即便在他处于政治低谷时期,这种乐趣也
没有完全被剥夺。

　　官妓不同于妓女的概念。她们当然姿色要好,除此之外,
还必须接受琴棋书画等艺术类培训,入行的门槛颇高。她们
专门为官员服务,原则上只在宴饮、游赏方面提供礼节性服务
(估计暗通款曲在所难免),属于场面上的人。她们生活相当
优裕,编入国家正式编制(乐籍),由国家财政供养。

　　对于官妓而言,通过跟官员们的往还,能交朋友,有时会
因为得到一首赠诗或词而在同侪里扬名立万。而官员们也乐
于跟这些比自己老婆更漂亮、更懂风情、更有才艺的女子交

住,还能通过她们的婉转莺声把自己的大作传唱出去,可以说是双赢。因此,估计除了官员的老婆,恐怕没人会对她们有歧视和敌意。

这是宋代的时尚之一,风雅事,完全没必要站在今人的道德立场上指手画脚去批评。

1　杨元素:《宋史·杨绘传》:"杨绘字元素,绵竹人。少而奇警,读书五行俱下,名闻西州。进士上第,通判荆南。以集贤校理为开封推官……仁宗爱其才,欲超置侍从,执政见其年少,不用。以母老,请知眉州……神宗立,召修起居注,知制诰、知谏院……免役法行,绘陈十害……遂罢为侍读学士、知亳州,历应天府、杭州,再为翰林学士。"王规父:王晦,字规父,熙宁六年,以朝散大夫、尚书司勋郎中知苏州。

2　玉童:指仙童,喻美少女,代指杭妓。迓:迎上去,主动去迎接。浮丘伯:又称浮丘公,古代传说中的仙人。

3　许飞琼:仙女名,《汉武帝内传》中记为西王母侍女。孟棨《本事诗》载:诗人许浑尝梦登山,有宫室凌云,人云此昆仑也。既入,见数人方饮酒,招之,至暮而罢。(许)诗云"晓入瑶台露气清,坐中唯有许飞琼。尘心未断俗缘在,十里下山空月明"。他日复梦至其处,飞琼曰:"子何故显余姓名于人间?"座上即改为"天风吹下步虚声",曰"善"。

4 瑶台:神话中仙人居住之所。

5 韦郎:唐代诗人韦应物曾任苏州刺史,此处借指苏州知州王规父。

江神子

孤山竹阁送述古[1]

翠蛾羞黛怯人看[2]。掩霜纨[3]。泪偷弹。且尽一尊，收泪唱阳关[4]。漫道帝城天样远。天易见，见君难[5]。　　画堂新构近孤山。曲栏干。为谁安？飞絮落花，春色属明年。欲棹小舟寻旧事，无处问，水连天。

宋制，出于政绩考核的需要，地方官每三年一轮转。这年春天，杭州市的政界辞旧迎新，行政长官由陈述古换成了杨元素，这两个人都是苏轼的好朋友。这首词是送别陈述古的，完全是女子口吻。上片描述一位羞怯、感伤、颇有难言之隐的歌女情态，下片悬想别后的相思相忆和惆怅无奈。

显然，这是一首一时兴起，即席创作，而后交由官妓来弹唱的小词。在苏轼乃至古代诗人的送别词中，常有哭哭啼啼的成分，如果理解为作者写来送朋友，就会觉得很别扭，两个大男人，怎么会搞得如此缠绵，像个"好基友"呢？只要理解这是"歌词"，是作者与官妓、歌女的相互"代言"，那就可迎刃而解了。苏轼曾有小诗赠述古："小桃破萼未胜春，罗绮丛中第一人。闻道使君归去后,舞衫歌扇总生尘。"后注:"陈有小妓,述古称之。"此小妓就是"掩霜纨。泪偷弹"也说不定。

　　如是写来直接赠寄朋友,则口吻不同。试举一例:"携手江村,梅雪飘裙。情何限、处处销魂。故人不见,旧曲重闻。向望湖楼,孤山寺,涌金门。　寻常行处,题诗千首,绣罗衫、与拂红尘。别来相忆,知是何人?有湖中月,江边柳,陇头云。"这首《行香子·丹阳寄述古》亦是为陈述古所作,对比可知差异处。

1　竹阁:据《传灯录》载,鸟窠禅师,富阳潘氏子,九岁出家。后见秦望山有长松,枝叶繁茂,盘曲如盖,遂栖止其上。元和中,白居易出守兹郡,因入山礼谒,乃起竹阁于湖上,迎师居之。述古:苏轼好友陈襄,字述古。熙宁七年(1074)由杭州调知应天府。

2　翠蛾:美人的眉毛。

3　霜纨:白色绢扇。

4　阳关:即《阳关曲》,又名《渭城曲》,属琴曲,后入乐府,为送别曲。

5　"帝城"句:《世说新语·夙惠》:"晋明帝数岁,坐元帝膝上,有人从长安来,元帝问洛下消息,潸然流涕。明帝问何以致泣,具以东渡意告之。因问明帝:'汝意谓长安何如日远?'答曰:'曰远。不闻人从日边来,居然可知。'元帝异之。明日,集群臣宴会,告以此意,更重问之。乃答曰:'日近。'元帝失色曰:'尔何故异昨日之言邪?'答曰:'举目见日,不见长安。'"此即所谓"天易见,见君难"。

南乡子

送述古[1]

　　回首乱山横。不见居人只见城。谁似临平山上塔[2]，亭亭。迎客西来送客行。　　归路晚风轻。一枕初寒梦不成。今夜残灯斜照处，荧荧[3]。秋雨晴时泪不晴。

———

　　本篇为送别陈襄离任而作。苏轼时任杭州通判，陈襄是杭州知府，是苏轼的上司兼同事，也是老友。

　　首句"回首乱山横"，五字将苍茫阔大的背景直送而出，看似简单，然奇崛异常，为后文送别拓开空间。"谁似临平山上塔，亭亭。迎客西来送客行"，承上以"无我之境"反衬心绪的苍凉无着，笔妙而情深。下片写送行归来，至"一枕初寒梦不成"句仍隐忍不发，未有一字言及离愁别苦。但到煞拍三句，伤感忽如潮水般袭来，全词在"秋雨晴时泪不晴"的坌（bèn）涌泪花中达到高潮。

　　东坡词工于发端，如"缺月挂疏桐，漏断人初静""晚景落琼杯，照眼云山翠做堆""大江东去""有情风万里卷潮来，无情送潮归"等，本篇首二句亦然。这些发端语皆由景入情，具强大气场。其实岂止东坡，过去的名家大抵如此。或命名为"比兴"，说穿了也很简单，不过就是将眼前看到的直接说出，"我手写我口""辞达而已"。环境决定语境，古诗词中常有回望、回首、远眺之类的大视角，盖因过去没有现代大都市和高科技，但视野广阔，心灵的自由度更大，当然更易于产生那种孑然立于天地的苍茫感慨。

大自然的山川草木，落霞孤鹜，秋水长天，非此即彼，触处皆是，浸润着人的感官世界。晴夜推门，能看到"天淡银河垂地"；深秋早醒，听见"露寒人远鸡相应"；黄昏时分，眼里是"落日熔金，暮云合璧"；晓来雨过，耳边是"鸟雀呼晴，侵晓窥檐语"……人类在本质上是依恋自然的，除了有人类学意义上的神秘遗传基因，更因为大自然的万千气象永远无法复制。空调制冷怎敌清风拂山岗，霓虹灯又怎么美得过晚霞呢？

1　述古，即陈襄。见前《江神子》（翠蛾羞黛怯人看）注释1。
2　临平山上塔：塔名普同，在临平镇西临平山巅。宋蔡京父准葬此。山似驼形，负重能行，故作塔山顶。约建于五代，毁于元末。
3　荧荧：微光闪烁貌。潘岳《悼亡赋》："灯荧荧兮如故，帷飘飘兮若存。"

南乡子

和杨元素[1]

凉簟碧纱厨[2]。一枕清风昼睡余[3]。卧听晚衙无个事[4]，徐徐。读尽床头几卷书。　　搔首赋归欤[5]。自觉功名懒更疏。若问使君才与气[6]，何如？占得人间一味愚[7]。

本篇作于熙宁七年（1074）杭州通判任上。杨元素名绘，绵竹人，与苏轼同乡。史载其少年奇警，声动西州，后为名臣。本年七月，杨绘任杭州知州。九月，苏轼由杭州通判调为密州知州。二人有过短短两个月的朝夕共事。

共事时间不长，但杨元素足称苏轼最好的朋友之一。在苏轼三百余首词作里，写给杨元素的有近十首。这首小词相当于为杨元素绘像，生动展现了杨超然物外、好学笃文、不苟流俗的性格特点。

"自觉功名懒更疏"七字为词眼，和苏轼一样，杨绘此时任职杭州亦是因为反对新法而遭外放，两人大有意气相通之处。"懒更疏"，以及煞拍的"一味愚"云云，写杨元素，也未始不是为自己一肚子的不合时宜造像。

　　表面上看，这是一首"闲情"之作，略带调侃味，无大深意。但稍加解析，就能体会到风花雪月之外的圭角芒刺。严迪昌先生在解读清乾隆时期厉鹗所写《雨夜闻雁》《忆笋》等小诗时有感喟云："这类看似没要紧的小题目诗，是需化点神去读懂它的。"（《心态与生态——也谈怎样读古诗》）吾于苏轼此等"闲情之作"亦有所感。

1　杨元素：见前《菩萨蛮》（玉童西迓浮丘伯）注释1。

2　簟（diàn）：竹席。纱厨：纱帐。

3　睡余：睡醒后。

4　晚衙：古时官署每日坐衙办公两次，晚间的一次称晚衙。白居易："能来尽日宫棋否，太守知慵放晚衙。"无个事：没有一点事。

5　搔首：挠头。赋归欤（yú）：作隐逸之诗。归欤，归隐。《论语·公冶长》："子在陈，曰：'归与，归与！'"欤，同与。

6　使君：指杨元素。

7　占得：拥有。一味：全部。

南乡子

梅花词和杨元素[1]

寒雀满疏篱。争抱寒柯看玉蕤[2]。忽见客来花下坐，惊飞。踏散芳英落酒卮[3]。 痛饮又能诗。坐客无毡醉不知[4]。花谢酒阑春到也[5]，离离[6]。一点微酸已着枝[7]。

这是苏轼给杨元素写的几首词里最漂亮的一首，也是苏轼闲情类作品中最有光彩的篇章。全词如一幅寒雀早梅图，展现了岁末年初新意初萌的美好，良辰美景，赏心乐事，四美俱全。其笔触之生动，品格之高洁，风度之俊逸，堪称极品。姜夔《念奴娇·吴兴荷花》有句："嫣然摇动，冷香飞上诗句。"清高有余，却比不上本篇这般灵动亲切。

在上片中，寒雀成了春日早梅的信使。诗人无一语直写梅花，而无处不暗衬梅花的新美别致，对梅花没一点怠慢。次句的"抱"字已经很传神地写出了麻雀痴憨专注、圆头圆脑的模样。更妙则在"踏散芳英落酒卮"一句，寒雀踏枝飞去，花瓣飘落杯中，为赏梅人平添无穷雅兴。这使人想起李太白《把酒问月》的"惟愿当歌对酒时，月光长照金樽里"。饮酒固乐，然而一味滥饮，难逃低俗。世界上，还有什么能像花瓣和月光一样，完成对酒的救赎？此句一片天籁，妙在可遇而不可求。

下片由雀而及人，先点出春日雅集主宾的才调不凡和洒脱不羁、陶然忘机。煞拍才稍稍及于梅花，而仍不用正锋，偏提空写梅子之微酸，真可谓"羚羊挂角，无迹可求"了。所谓"以诗为词"者，也不徒指用诗语入词，更重要的是以诗法入词。本篇是很好的例证。

给予苏轼这首词最高评价的是现当代文史大家顾随（苦水）。他说："杨万里绝句曰'百千寒雀下空庭，小集梅梢话晚晴。特地作团喧杀我，忽然惊散寂无声'。"持以与此《南乡子》开端二语相比，苦水不嫌他杨诗无神，却只嫌他杨诗无品："'寒雀满疏篱，争抱寒柯看玉蕤'，'满'字、'看'字，颊上三毫，一何其清幽高寒，一何其湛妙圆寂耶？""一首《南乡子》，高处妙处，只此开端二语。"（顾随《东坡词说》）

————

1　本篇作于熙宁七年（1074），苏轼时任杭州通判，杨元素为杭州太守。

2　柯：树枝。玉蕤：比喻白色的梅花。蕤（ruí）：花朵下垂的样子。

3　英：花，花瓣。卮（zhī）：酒器。

4　"坐客"句：《晋书·吴隐之传》载，吴隐之为官清廉，以竹篷为屏风，坐无毡席。《新唐书·郑虔传》载，郑虔著书八十余篇，诸儒服其善著书，时号"郑广文"。为官贫甚，杜甫曾赠诗曰："才名四十年，坐客寒无毡。"此句言酒醉之时，连坐无毡席的寒冷都不知道了。

5　酒阑：饮酒结束时。阑：残，尽。

6　离离：纷繁茂盛的样子。

7　微酸：指梅子。着枝：生于枝上。

浣溪沙

自杭移密守¹,席上别杨元素,时重阳前一日。

缥缈危楼紫翠间²。良辰乐事古难全。感
时怀旧独凄然。　　璧月琼枝空夜夜，菊花
人貌自年年³。不知来岁与谁看。

———

　　本篇《全宋词》题名"菊节",此题据元人叶曾《东坡乐
府》。据此题,则与上篇作于同时。席上言别,意旨单纯,本无
须赘语,但值得借此说说"豪放"的问题。

　　自明代张𫄧《诗余图谱》提出"豪放""婉约"二分法后,
一方面风靡天下后世,一方面物极必反,也有相当多的学者
试图翻"豪放"之案。他们提出,苏轼词真称得上"豪放"者
其实仅寥寥数首而已,即便"大江东去"那一首千古绝唱也因
为有"人生如梦"的衰飒而被摈弃于"豪放"门外。这些提法
对于我们理解苏轼词的审美风格的多样性当然是有很大益处
的,问题在于:如何界定"豪放"? 是不是只有符合自己"豪
放"标准的才称得上"豪放"呢?

　　我以为,"豪放"二字可以理解得通透一些、宽敞一些。
它理应在于神而不在于貌,在于气而不在于语。《许彦周诗

话》引林艾轩论苏黄诗曰："丈夫见客,大踏步便出去,若女子便有许多妆裹。此坡、谷之别也。"这种"大踏步便出去"的态度和神采才是"豪放"的真意所在。只消不扭捏,不"妆裹",那么"卷起千堆雪""一蓑烟雨任平生"固然是豪放,其实"牛衣古柳卖黄瓜""春色三分,二分尘土,一分流水""明月几时有""天涯何处无芳草"又何尝不豪放?本篇的"不知来岁与谁看"自然挺健,又何尝不豪放呢?

从此意义上讲,张綖的"二分法"正如太极之阴阳,只要理解得包容些,还是足称不刊之论的。

1　"自杭"句:由杭州通判改知密州。守,知州。

2　"缥缈"句:指在山间楼上与杨元素告别。缥缈,隐约高远貌。危,高。紫翠,紫云翠峰。

3　"璧月"二句:分别化用陈后主曲词:"璧月夜夜满,琼树朝朝新。"唐戎昱句:"菊花一岁岁相似,人貌一年年不同。"

减字木兰花

过吴兴[1]，李公择生子[2]，三日会客，作此词戏之。

维熊佳梦[3]。释氏老君亲抱送。壮气横秋[4]。未满三朝已食牛[5]。　　犀钱玉果。利市平分沾四座[6]。多谢无功。此事如何着得侬[7]。

　　戏作，当然有文字游戏的色彩，但仍须合乎诗词体式的规范。作好了，能体现出机智的趣味和幽默的精神，也颇能见出学识和才华。对于"戏作"，某些人本能地会评价不高，其实戏作谈何容易！

　　本篇为作者途经吴兴（今浙江湖州市），在老友李公择生子三朝宴客席上应邀所作，是典型的游戏笔墨。"苏东坡"这种生物构成中，诙谐元素绝对不可或缺，仅有"大江东去"和"也无风雨也无晴"是不可能构成完整可爱的苏东坡的。

　　回到这首词上来，最值得品味处在于结构。《减兰》有四个句群，前三个句群都在一本正经、引经据典地赞美。至煞拍则櫽栝晋元帝之语，包袱抖出，想必举座绝倒。相声行总结幽默规律曰："三番四抖。"意为铺垫三次，至第四回迸发出的喜剧效果最佳。说不定这一经典总结里也有苏轼这位喜剧大师的影子呢！

古时孩子出生三天，需行洗礼，后所谓"洗三"是也。元丰六年（1083），朝云为诞一子，名遁。洗三礼时，东坡有诗云："人皆养子望聪明，我被聪明误一生。惟愿孩儿愚且鲁，无灾无难到公卿。"不幸的是，苏遁十月而夭，朝云也随后一病不起。苏东坡这么一个含笑面对人生的人，他自己的人生遭际却如此坎壈，也算是造物弄人吧。

1　吴兴：今浙江湖州市。

2　李公择：名常，时任湖州知州。

3　维熊佳梦：古时认为梦见熊是得男子的吉兆。《诗经·小雅·斯干》："吉梦维何？维熊维罴……维熊维罴，男子之祥。"郑玄笺："熊罴在山，阳之祥也，故为生男。"后即以"维熊"为祝生男之辞。

4　横秋：形容气势之盛。

5　"未满"句：形容小儿健壮。《尸子》卷下："虎豹之驹，未成文而有食牛之气。"以上数句化用杜甫《徐卿二子歌》："君不见徐卿二子生绝奇，感应吉梦相追随。孔子释氏亲抱送，并是天上麒麟儿。……小儿五岁气食牛，满堂宾客皆回头。"

6　"犀钱"二句：描写的是古时"三朝洗儿"的热闹场面。犀钱、玉果，皆为亲友赠予的洗儿物。此时富有人家一般都要大会宾客，席上散发喜钱喜果，谓之"利市"。

7　"多谢"二句：前句说自己无功接受喜钱，后句是设想对方开玩笑的回答。题下作者自注引《古笑林》："晋元帝生子，宴百官，赐束帛，殷羡谢曰：'臣等无功受赏。'帝曰：'此事岂容卿有功乎？'同舍每以为笑。"

采桑子

润州多景楼与孙巨源相遇[1]

润州甘露寺多景楼,天下之殊景也。甲寅仲冬,余同孙巨源、王正仲参会于此。有胡琴者,姿色尤好。三公皆一时英秀[2],景之秀,妓之妙,真为希遇。饮阑[3],巨源请于余曰:"残霞晚照,非奇才不尽。"余作此词。

多情多感仍多病,多景楼中。尊酒相逢[4]。乐事回头一笑空。   停杯且听琵琶语[5],细捻轻拢[6]。醉脸春融。斜照江天一抹红。

词序云"残霞晚照,非奇才不尽",这是孙巨源请托苏轼的一句话,当然也是顺手戴的高帽。其后,苏轼没有任何客气或谦逊的记载如"欣然命笔""却之不恭"等等。他只是极其平常低调简短地说"余作此词",可见当仁不让之概。苏轼当然有大聪明、大学问,即席妙笔生花这样的小事难不倒他。

宴饮于多景楼,苏轼即从此开笔,首二句以"多情""多感""多病"妆点"多景"楼名,连用四个"多"字,可谓天然凑泊、妙手偶得。这是一场可遇不可求的因缘际会,正如苏轼的回忆："途中与完夫、止仲、巨源相会，所至辄作数剧饮笑乐，人生如此有几，未知他日能复继此否。"（《与李公择》）这也就是"尊酒相逢。乐事回头一笑空"两句词意，且足见同席者均是解悟人生的"一时英秀"。其映照之妙如此。

下片聚焦于"醉脸春融"的官妓胡琴。对于胡琴的魅力，苏轼毫不掩饰艳羡之情，小序中所谓"姿色尤好"也。人世间哪一种美好能比得了解语花呢？那才是最为赏心悦目、怡情解忧、销魂醒酒的选择。胡琴相貌并未详写，但"醉脸春融"提供了阔大的想象空间，足抵他人千百字。煞拍处宕开一笔，把注目的焦点拉到了极悠远处，由酒红上腮连类到斜照江天的一抹霞彩，把女人之美和自然之美平齐。这样的"齐物论思想"，苏轼从不刻意回避，而是神思飘逸，心观万象，是为超旷。

1　熙宁七年（1074）甲寅，作者赴密州知州任，过润州（今江苏镇江市），与胡宗愈（字完夫）、王存（字正仲）、孙洙（字巨源）剧饮，游润州多景楼，作此词。

2　三公：指孙、王及胡宗愈，均为当时才学之士。

3　饮阑：酒筵将散之际。

4　尊酒相逢：韩愈《赠郑兵曹》："尊酒相逢十载前，君为壮夫我少年。尊酒相逢十载后，我为壮夫君白首。"

5　琵琶语：琵琶的曲调可表情达意。白居易《琵琶行》："今夜闻君琵琶语，如听仙乐耳暂明。"

6　细捻轻拢：演奏琵琶的指法。《琵琶行》："轻拢慢捻抹复挑。"

醉落魄

席上呈杨元素

分携如昨[1]。人生到处萍漂泊[2]。偶然相聚还离索[3]。多病多愁，须信从来错。　　尊前一笑未辞却。天涯同是伤沦落[4]。故山犹负平生约[5]。西望峨眉，长羡归飞鹤。

这次与杨元素的分别是在镇江。其时苏轼赴密州任，杨元素罢任回朝。两位好友一路同行，走到镇江才各奔前程。

苏轼是个不钻牛角尖的人，即便心情差，也不会出现柳永"杨柳岸，晓风残月"那样儿女情长式的柔弱章句。苏词的特点是那种开放式的格局，从不见局促。在这首词里，我们看到"人生""漂泊""偶然""从来""一笑""天涯""故山"等一连串的巨大时空跨度，足令彼时词坛耳目一新。末尾表达的思归之情，若在秦观笔下，是"郴江幸自绕郴山，为谁流下潇湘去"，在苏轼则是"西望峨眉，长羡归飞鹤"。一个是低徊不去，惨淡盈怀；一个是矫首遐观，登高远眺。文如其人，信然。

古人说"同声相应，同气相求"，知心朋友对于创作才能的激发很明显。在苏轼的作品中，杨元素、陈述古、李公择、苏伯固这些好朋友的影子经常出现,他们是"妙处可与君说"的抒情对象。对于任何一位诗人,通过他的诗,都能找到他的好朋友。

1　分携如昨:指熙宁四年(1071),苏轼出任杭州通判,与杨元素在京城分别。分携,分别。

2　萍漂泊:喻人生如同无根浮萍,漂泊不定。

3　离索:离群索居。《礼记·檀弓上》:"吾离群而索居,亦已久矣。"

4　"天涯"句:元素与苏轼同被外放,同病相怜。白居易《琵琶行》:"同是天涯沦落人。"

5　"故山"句:故山,故乡。平生约,早就许下的归乡之愿。白居易《寄王质夫》:"去处虽不同,同负平生约。"

沁园春

赴密州早行马上寄子由[1]

孤馆灯青，野店鸡号[2]，旅枕梦残。渐月华收练[3]，晨霜耿耿[4]，云山摛锦[5]，朝露浤浤[6]。世路无穷，劳生有限[7]，似此区区长鲜欢[8]。微吟罢，凭征鞍无语，往事千端。　　当时共客长安。似二陆、初来俱少年[9]。有笔头千字，胸中万卷，致君尧舜，此事何难[10]。用舍由时，行藏在我[11]，袖手何妨闲处看。身长健，但优游卒岁，且斗尊前[12]。

熙宁七年(1074)十月，苏轼由海州赴密州，本来计划绕道济南，探看六年未见的子由，因事未能如愿，遂有此词，聊慰离情。

词开篇数句写晓行之状，栩栩传神，可与温庭筠的名句"鸡声茅店月，人迹板桥霜"相表里。孤独的行旅最能启人幽思，于是有"世路无穷"几句的感喟，并开启下片的慷慨议论。

"有笔头"数句化用杜诗，自述为国效命、造福苍生的远大抱负。而现实则不尽如人意，"用舍由时，行藏在我，袖手何妨闲处看"，转为恃才傲物的牢骚语，最为全篇警策。末数句语意再转，寓宽慰劝勉之意，所谓"但愿人长久，千里共婵娟"是也。全词由旅途秋思而议论风发，愈后愈多汪洋恣肆之势，苏轼自言为文有"行于所当行，止于不可不止"的强人气脉，词亦然。

　　苏轼兄弟感情笃深，终一生未曾稍变。子由的《亡兄子瞻端明墓志铭》洋洋数千字，澹泊克制，沉痛在骨，实为其一生文章巅峰之作。若"公始病，以书属辙曰：'即死，葬我嵩山下，子为我铭。'辙执书，哭曰'小子忍铭吾兄'"等语，令人读之酸鼻不已。他在铭文中评价苏轼"心之所涵，遇物则见。声融金石，光溢云汉"，又可见二人匪独兄弟，亦是平生知己。

　　值得一说的是，元好问《遗山文集》卷三十六《东坡乐府集选引》以为本篇非苏轼作，特别举出下片"当时共客长安"以下数句，称其"鄙俚浅近，叫呼炫鬻，殆市驵之雄，醉饱而后发之。虽鲁直家婢仆且羞道，而谓东坡作者，误矣"，语甚犀利。元好问的词坛地位不容忽视，但这段话似难免主观臆断，更缺乏文献佐证，故后人附和者寥寥。

――
1　子由：苏辙的字，时任齐州（今山东济南市）掌书记。
2　号：鸣叫。温庭筠《商山早行》："鸡声茅店月，人迹板桥霜。"

3　练：洁白丝绸，此形容月光。

4　耿耿：明亮，鲜明。白居易《长恨歌》："迟迟钟鼓初长夜，耿耿星河欲曙天。"

5　摛（chī）锦：铺开锦绣，形容景色美丽。

6　溥（tuán）溥：露水盛多。《诗经·郑风·野有蔓草》："野有蔓草，零露溥兮。"

7　劳生：劳累奔波的人生。

8　区区：奔波劳碌貌。鲜：少。

9　"当时"三句：长安，借指北宋首都汴京。嘉祐元年（1056）苏轼二十一岁，苏辙十八岁，举进士于汴京，为欧阳修所激赏，声名大振。二陆，谓西晋陆机、陆云兄弟，后常用作兄弟才俊之典故。

10　"有笔头"四句：化用杜甫《奉赠韦左丞丈二十二韵》中"读书破万卷，下笔如有神""致君尧舜上，再使风俗淳"等句。

11　"用舍"二句：翻用《论语·述而》"用之则行，舍之则藏"句。

12　"但优游"二句：优游卒岁，悠闲地度过岁月。《左传·襄公二十一年》："优哉游哉，聊以卒岁。"斗尊前：饮酒。唐牛僧孺《席上赠刘梦得》："休论世上升沉事，且斗樽前见在身。"

蝶恋花

密州上元 [1]

灯火钱塘三五夜[2]。明月如霜，照见人如画。帐底吹笙香吐麝[3]。更无一点尘随马[4]。　　寂寞山城人老也。击鼓吹箫，却入农桑社[5]。火冷灯稀霜露下。昏昏雪意云垂野。

——

　　本篇作于始调密州时。苏轼从杭州通判调任密州知府，大致是平级调动。这次调动据说是他主动申请的，为的是离苏辙更近一些，但与"三秋桂子，十里荷花"的富庶天堂相比，密州"岁比不登，盗贼满野，狱讼充斥，而斋厨索然，日食杞菊"（苏轼《超然台记》），寂寥之感不能尽免。

　　词题作"密州上元"，实际前半写杭州，下片才写密州。如此花开两朵各表一枝的手法当然是为了形成对照，而情感表达也就在这种自然蕴藉、不着一字的对照中"尽得风流"了。

　　"帐底吹笙香吐麝。更无一点尘随马"云云，刻画杭州气候清润，街巷整洁，不在柳永《望海潮》之下。过片忽着"寂寞山城人老也"一句陡然浩叹，倏然间把人从记忆拉回现实。此处的"老"字并非实指，乃心灰意懒之意。火冷灯稀，霜寒袭人，暮云昏低，在这样的传统佳节，苏轼看到的只是萧索黯淡，一方面是孤凄，也隐然有民生维艰的感慨。

1　熙宁八年（1075），苏轼在密州知州任时作。上元：农历正月十五日，有观灯之俗。

2　"灯火"句：谓杭州。三五，三五相乘得十五，即十五日。《古诗十九首》："三五明月满，四五蟾兔缺。"

3　"帐底"句：写富有人家的庆赏活动。香吐麝，麝香散发香味。

4　"更无"句：反用苏味道"暗尘随马去，明月逐人来"句意，谓杭州街道清洁无尘。

5　"击鼓"二句：写社祭场面。社：农村节日祭神之所。

江神子

乙卯正月二十日记梦[1]

十年生死两茫茫[2]。不思量。自难忘[3]。千里孤坟，无处话凄凉[4]。纵使相逢应不识，尘满面，鬓如霜[5]。　　夜来幽梦忽还乡。小轩窗[6]。正梳妆。相顾无言，惟有泪千行。料得年年断肠处，明月夜，短松冈[7]。

苏轼结发妻子王弗，眉州青神人，乡贡进士王方之女。性格敏慧，颇具才华。苏轼《亡妻王氏墓志铭》中刻画颇为详尽生动："其始，未尝自言其知书也。见轼读书，则终日不去，亦不知其能通也……轼与客言于外，君立屏间听之，退必反覆其言曰：'某人也，言辄持两端，惟子意之所向，子何用与是人言？'有来求与轼亲厚甚者，君曰：'恐不能久。其与人锐，其去人必速。'"可惜情深不寿，王弗年仅二十七岁即病逝，令苏轼肝肠摧伤。

十年后某夜，苏轼梦见王弗，醒来伤感不已，遂有这首开悼亡词先河、赢得无上声誉的千古绝唱。其后，贺铸《半死桐》（梧桐半死清霜后，头白鸳鸯失伴飞）与吴文英《风入松》（黄蜂频扑秋千索，有当时、纤手香凝）继之而起，成为宋词悼亡三鼎足。至清初大词人纳兰性德,悼亡词乃成为千年词史上光彩熠熠的一个门类。

苏轼之"才"与"情",在这首《江神子》中得到了最大程度的凸显。他的悼亡词,让人陷于悲恸,久难自拔;他的豪放之作,使人心情激荡,壮志凌云;他的超旷之作,使人寄情山水,飘飘然有出世之想;他的田园之作,使人如同身临野田,日高风暖,明亮的阳光没遮没拦地泼在身上。他的多样化作品带给了读者各种深刻的阅读体验,"爱和恨,全由你操纵",这是足以说明苏轼这样的天才诗人"少年哀乐过于人,歌泣无端字字真"的地方。

1 乙卯:熙宁八年(1075)。

2 "十年"句:苏轼妻王弗治平二年(1065)病逝于汴京,至此已十年。

3 "不思量"二句:量、忘按韵读平声。

4 "千里"句:王氏墓葬四川彭山县安镇乡可龙里(见苏轼《亡妻王氏墓志铭》),与密州距离遥远。

5 "纵使"三句:化用白居易《东南行一百韵寄通州元九侍御澧州李十一》:"相逢应不识,满颔白髭须。"

6 轩窗:小室的窗子。

7 短松冈:指墓地。

永遇乐

孙巨源以八月十五日离海州[1]，坐别于景疏楼上[2]。既而与余会于润州，至楚州乃别。余以十一月十五日至海州，与太守会于景疏楼上，作此词以寄巨源。

长忆别时，景疏楼上，明月如水。美酒清歌，留连不住，月随人千里。别来三度，孤光又满[3]，冷落共谁同醉？卷珠帘、凄然顾影，共伊到明无寐。　　今朝有客，来从濉上[4]，能道使君深意。凭仗清淮[5]，分明到海，中有相思泪。而今何在？西垣清禁[6]，夜永露华侵被[7]。此时看、回廊晓月，也应暗记。

────

此篇亦致送孙洙。与前篇作于多景楼者之潋荡风流不同，本篇睹物思人，深情款款，足见二人的深厚友谊。

词开篇即提出"明月如水"四字，不仅是"坐别"之实景，亦奠定了全词抒情的主线。天然情境最宜入诗。如果赶上一个明月如霜、好风如水的良夜，燕坐于庭院，大致能领略到一些古人彼时的趣味。没有华灯碍月，让皎洁的明月为人间万物洒上清辉，让掺杂着江水和草木气息的晚风送来一片清凉。

在这样的大环境下，人性的良善会得到最大程度的释放，也得到最大的保护和慰藉。

下片承上浓墨渲染对孙洙的思念之情，以致有"凭仗清淮，分明到海，中有相思泪"的缱绻难解之句。煞拍处再归结到月亮，意趣纡徐，余音绕梁。值得注意的是，从"明月如水""月随人千里"，到煞拍的"回廊晓月"，"月"字凡三现，此乃作者有意为之。其一，明月构成了表达情愫的基本线索，它的皎洁清亮又是二人友情的最佳表征。其二，除了某些特殊职业如小偷外，人们大抵喜爱月亮，诗人尤然。诗人中，苏轼对于月亮的热爱又是格外突出的。那或者是明月的旷朗与其襟怀非常近似的缘故吧！

———

1　海州：今江苏连云港市西南。孙巨源于熙宁七年（1074）八月十五日罢海州知州任。

2　景疏楼：在海州东北。宋叶祖洽因景仰汉人二疏（疏广、疏受）建此楼。润州：今江苏镇江市。

3　"别来"二句：据序云，孙洙于八月十五坐别景疏楼，苏轼于十一月十五日在此楼作词以寄，恰经三月，故云"三度""孤光又满"。

4　淮：水名，宋时自河南经安徽，到江苏萧县入泗水。

5　凭仗：倚仗。

6　西垣：中书省别称，又称西台、西掖。清禁：宫中。时孙任修起居注、知制诰，在宫中办公，故云。

7　"夜永"句：永，长。露华，露水。侵被，打湿了被子。

江神子

密州出猎

老夫聊发少年狂。左牵黄。右擎苍[1]。锦帽貂裘[2]，千骑卷平冈[3]。为报倾城随太守[4]，亲射虎，看孙郎[5]。　酒酣胸胆尚开张[6]。鬓微霜。又何妨？持节云中，何日遣冯唐[7]？会挽雕弓如满月[8]，西北望，射天狼[9]。

"近却颇作小词，虽无柳七郎风味，亦自是一家。呵呵。数日前，猎于郊外，所获颇多。作得一阕，令东州壮士抵掌顿足而歌之，吹笛击鼓以为节，颇壮观也。"这是苏轼写给好友鲜于侁的信，信中所自喜自炫的就是这首《江神子》。这是苏轼第一首严格意义上的豪放词，是先于"明月几时有"和"大江东去"的开山立派之作。

面对这首节奏畅快、气势如虹、劲装结束、兔起鹘落的绝作，我们可以再次界定豪放。豪放是什么？豪放是精神上的扶摇直上，令人仰视；是文学作品里的大言欺人，气吞山河；是诗意的抽象和放大，那种雄奇高迈使人从平庸鄙俗的生活中飞升到更高更远的理想国。

　　苏轼在密州时间不算长，两年而已，但是留下精品绝多。诸如《水调歌头》(明月几时有)、《江神子》(十年生死两茫茫) 以及本篇，都是苏轼本人乃至千年词史的里程碑。密州，这是一座多雪、多桑树和枣树的内地山城，它的冷冽和莽苍渐渐淡化了苏轼在朝堂、杭州等地残留下来的那点脂粉气与悠游状态，使他过渡到了顶天立地、充满阳刚气的伟丈夫人格，从而成为苏轼通向大师的主要中转站。从此意义上讲，"苏轼与密州"的课题是值得投入更多研究目光的。

1　"左牵黄"二句：左手牵着黄狗，右臂举着苍鹰。古人出猎时常臂鹰牵狗。《太平御览》卷九二六引《史记》："李斯临刑，思牵黄犬，臂苍鹰，出上蔡东门，不可得矣。"《梁书·张充传》："值充出猎，左手臂鹰，右手牵狗。"鹰犬都是猎人用来擒捕鸟兽的。黄，黄犬。苍，苍鹰。

2　锦帽貂裘：头戴华美的帽子，身穿貂鼠皮衣，为汉羽林军的服饰。此指随从的穿戴。

3　卷：形容大批马队奔驰如席卷。

4　"为报"句：为了酬答满城人都随同去看打猎的盛意。报，回报。倾城，夸张的说法。太守，作者自指。

5　"亲射虎"二句：孙郎即三国吴主孙权。《三国志·吴书·吴主传》载："二十三年十月，权将如吴，亲乘马射虎于凌亭。马为虎所伤，权投以双戟，虎却废，常从张世击以戈，获之。"孙权时为诸侯，此处借以自指，也有自喻知州身份之意。

6 "酒酣"句：唐元稹《说剑》："酒酣肝胆露。"尚，此处为"更加"义。

7 "持节云中"句：用汉文帝与冯唐故事。《汉书·冯唐传》载，汉云中守魏尚抵御匈奴有功，却因多报六颗首级获罪削爵。位卑年迈的冯唐进谏不应重罚，文帝遂"令冯唐持节赦魏尚，复以为云中守，而拜唐为车骑都尉，主中郡及郡国车士"。节，使臣携带以传朝命的符节，亦为身份凭证。云中，汉郡名，今内蒙古托克托县。

8 "会挽"句：将弓拉足，有如满月。会，当。雕弓，有刻饰的弓，形容华贵。

9 天狼：天狼星。《晋书·天文志》云："狼一星在东井南，为野将，主侵掠。"词中以之比喻对北宋边境屡有侵犯的西夏等国。

一丛花

初春病起

　　今年春浅腊侵年[1]。冰雪破春妍[2]。东风有信无人见[3]，露微意、柳际花边。寒夜纵长，孤衾易暖，钟鼓渐清圆[4]。　　朝来初日半衔山[5]。楼阁淡疏烟。游人便作寻芳计，小桃杏、应已争先。衰病少悰[6]，疏慵自放[7]，惟爱日高眠。

　　本篇写病后之清欢。上片围绕"东风有信无人见"一句，从视觉、感觉、听觉诸方面立体扫描早春节候，节奏妥帖舒缓，与大病初愈的清虚慵懒协调对映。下片由凭窗所见的朝日衔山景象一气直写到疏烟楼阁、寻芳游人，情绪曲线也由萧散渐趋蓬勃。"小桃杏、应已争先"一句是全篇情绪高点。而煞拍重又回到病人身份，虽有欢愉之想，无奈心有余而力不足，也只能在病榻上了却这段美妙春光了。至此，我们似乎听到了词人一声轻轻的喟叹。

　　全词紧扣"初春病起"，寻常道来，而又曲折有致，使读者的目光随词句移步换形，游走在作者的微妙感受中，体会到他早春病起的复杂心情。故俞陛云《唐五代两宋词选释》评云："有此淡逸之怀，出以萧散之笔，遂成雅调。"

在苏轼词中，本篇为别调，很难贴上豪放、婉约、励志、闲情一类标签。苏轼是全面的文学天才，有足够的能力从心所欲，变幻无穷。这使他的词看起来总是新意迭出，使人乐此不疲。

1　春浅腊侵年：春浅，春天来得早。腊侵年，谓因上年有闰月，下年的立春日出现在上年的腊月中。腊，岁终之祭，祭日旧在冬季后约二十多天，称为腊日。

2　冰雪破春妍：春意在冰雪中含孕着，等待绽放。妍，美。

3　东风有信：信，消息。唐曹松《除夜》："残腊即又尽，东风应渐闻。"

4　清圆：指钟鼓声清脆圆润。天气渐晴暖，故有此感觉。清浦起龙《读杜心解》卷四："旧注，俗以钟鼓声亮为晴之占。"

5　半衔山：指太阳被山遮住一半。

6　悰（cóng）：心情，情绪。这里指欢乐。

7　疏慵：懒散。

望江南

超然台作[1]

　　春未老，风细柳斜斜。试上超然台上望，半壕春水一城花[2]。烟雨暗千家。　　寒食后[3]，酒醒却咨嗟。休对故人思故国[4]，且将新火试新茶[5]。诗酒趁年华。

　　这首词，从头到尾无一伤感颓废语，确实达到了燕处超然的境界，可见苏轼任职密州后波澜不惊的心态。近人俞陛云《唐五代两宋词选释》评云："下阕故人故国，触绪生悲，新火新茶，及时行乐，以此易彼，公诚达人也。"

　　在当时，密州是个穷地方，连年歉收，治安混乱。苏轼由杭州来到这里，物质生活上有很大落差，但苏轼是一个"审美达人"，他游心于物，像向日葵一样充满了正能量，一直面朝阳光灿烂的方向。苏轼在《超然台记》开篇即云："凡物皆有可观。苟有可观，皆有可乐，非必怪奇伟丽者也。馇糟啜醨，皆可以醉，果蔬草木，皆可以饱。推此类也，吾安往而不乐？"

　　词文合观，可以明了苏轼彼时的精神世界。

1　超然台：苏轼《超然台记》："……予既乐其风俗之淳，而其吏民亦安予之拙也。于是治其园圃，洁其庭宇，伐安丘、高密之木，以修补破败，为苟全之计。而园之北，因城以为台者旧矣，稍葺而新之。时相与登览，放意肆志焉……方是时，予弟子由，适在济南，闻而赋之，且名其台曰'超然'，以见余之无所往而不乐者，盖游于物之外也。"

2　壕：城下之池，即护城河。

3　寒食：节日名，在清明节前一二日，按传统习俗禁火三日。咨嗟，叹息。

4　故国：指作者故乡四川眉山。清明是扫墓之时，故牵引乡思。

5　新火：周代四时钻燧改火，禁旧火而出新火。《论语集解》引马融曰："《周书·月令》有更火之文。春取榆柳之火，夏取枣杏之火，季夏取桑柘之火，秋取柞楢之火，冬取槐檀之火。一年之中，钻火各异木，故曰改火也。"唐宋时，清明日赐百官新火，犹沿周之旧制。元明之后，此制遂废。新茶：此指寒食前所采制的茶，为茶中佳品。

水调歌头

丙辰中秋¹，欢饮达旦²，大醉，作此篇，兼怀子由。

明月几时有？把酒问青天³。不知天上宫阙，今夕是何年⁴。我欲乘风归去⁵，又恐琼楼玉宇⁶，高处不胜寒⁷。起舞弄清影⁸，何似在人间⁹。　　转朱阁，低绮户，照无眠¹⁰。不应有恨，何事长向别时圆¹¹！人有悲欢离合，月有阴晴圆缺，此事古难全。但愿人长久，千里共婵娟。

中国古代的文学家，沾个仙字的，就俩人儿。一个诗仙李白，一个坡仙苏轼。苏东坡的诗词文章，无不雄姿英发，挥洒自如，语境澄澈，有"风吹仙袂飘飘举"一般的气场。"天子呼来不上船"是有强大的形式感，"也无风雨也无晴"则是妙入毫巅的超然。

东坡酒量相当一般，自言小时候"望酒辄醉"，历练一生，至晚年才能饮三小杯，所以自陈大醉经历者不罕见。比较著名的，这是一回，《临江仙》（夜饮东坡醒复醉）是一回，还有一回是作《前赤壁赋》，其余则大率微醺而已。"酒饮微醺，花看半开"，不酗酒的好处，是在文字表述上能够稳定地葆有清空、灵动、悠远的气质。李太白有道家齐物论思想，酩酊大醉，光怪陆离，蹦出来的汉字都带度数儿。东坡的作品，则始终在清醒状态下见出人性的辽阔与美好，故别有系人心处。

在这次大醉背景之下，这首词也与李白穿越时空，神交冥漠，"二仙"达成了高度默契。我们都知道，李太白也是明月的狂热爱好者，他反复咏叹"青天有月来几时，我今停杯一问之""举杯邀明月，对影成三人"。这些"月文化"基因传到东坡，就被他洒脱成了"明月几时有"的千古一问。词题虽云"大醉"，但通篇布局炼句整饬有序，起承转合，炉火纯青，纯以本能驱使，和太白张狂豪纵的泛神论身法相去甚远。这又是"二仙"各具面目家数的区别所在。

1 丙辰：熙宁九年（1076）。

2 旦：天亮。

3 "明月"二句：化用李白《把酒问月》："青天有月来几时，我今停杯一问之。"

4 "今夕"句：《诗经·唐风·绸缪》："今夕何夕，见此良人。"唐戴叔伦《二灵寺守岁》："已悟化城非乐界，不知今夕是何年。"唐韦璀托名牛僧孺《杂传记六·周秦行记》："香风引到大罗天，月地云阶拜洞仙。共道人间惆怅事，不知今夕是何年。"

5　乘风:《庄子·逍遥游》:"夫列子御风而行,泠然善也,旬有五日而后反。"《列子·黄帝》:"列子师老商氏,友伯高子;进二子之道,乘风而归。"

6　琼楼玉宇:谓月宫。

7　胜:承受。唐郑处诲《明皇杂录》:"八月十五日夜,叶静能邀上游月宫,将行,请上衣裘而往。及至月宫,寒凛特异,上不能禁。"

8　"起舞"句:李白《月下独酌》:"我歌月徘徊,我舞影零乱。"

9　"何似"句:意为仿佛置身仙境,哪像在尘俗的人世间呢?

10　"转朱阁"三句:月光转过红色楼阁,映在雕花窗子上,照得人睡意全无。

11　"不应"句:月与人不应有仇,为何却常在人分别的时候圆?宋司马光《温公诗话》:"李长吉歌'天若有情天亦老',人以为奇绝无对。曼卿对'月如无恨月长圆',人以为勍敌。"何事,为何。

江神子

前瞻马耳九仙山[1]。碧连天。晚云闲。城上高台，真个是超然[2]。莫使匆匆云雨散[3]，今夜里，月婵娟。　　小溪鸥鹭静联拳[4]。去翩翩。点轻烟[5]。人事凄凉，回首便他年[6]。莫忘使君歌笑处，垂柳下，矮槐前。

———

名不正则言不顺，给高台起个"超然台"的好名字，必然有强烈的心理暗示作用。所以，苏轼站上超然台，心中涌起的超然之感也同样强烈。上下两片，均是先言所见，继书所感，穿插变换。上片先以闲云衬现碧天之阔远，足以畅怀骋情，所以持酒劝客。笔墨飘逸无痕，一如碧天之闲云。下片回到眼前景，视线由山到水，自高而低，静中有动。河畔的鹭鸟轻盈飞翔，去留无意，一切都是偶然，一切都随于缘化，而人事变迁，却平添了许多悲情的色彩。鹭点烟汀和雪泥鸿爪其实又有何分别呢？人生如是而已！词至此已经颇有几分沉重了，而"超然"本身也不拒绝这种悲怆的吧？那都是生命不可或缺的味道。

———

1　马耳九仙山：马耳山、九仙山，密州城周边的山名。

2　超然：此处一语双关，既指超然台，也寓意超然物外的心情。

3　云雨散：比喻很快散去。

4　联拳：禽鸟团缩孑立的样子。

5　轻烟：在烟汀水际纵跃飞去，只留下一圈圈涟漪。

6　回首便他年：回首之际，也成往事。

江神子

东武雪中送客[1]

相逢不觉又初寒[2]。对尊前。惜流年。风紧离亭，冰结泪珠圆。雪意留君君不住，从此去，少清欢[3]。　　转头山下转头看[4]。路漫漫。玉花翻[5]。云海光宽[6]。何处是超然？知道故人相念否，携翠袖[7]，倚朱栏。

本篇于熙宁九年（1076）作于密州。北方的冬雪，常给枯寂寻常的生活平添许多诗意，尤其在迎送之际。雪是喧嚣尘世的净化剂和消音器，雪落无声，但有迹可循，正所谓"山回路转不见君，雪上空留马行处"。冒雪而去，必有不得已之处，而雪中的背景又何其风寒寥落，使人怅触！

当然，这是普通人的想法，苏轼的高旷飘逸情怀注定他不会像我们一样悲戚。尽管也写到风紧离亭，冰结泪珠，清欢日少，但他拒绝哭哭啼啼，做小儿女沾巾态度，而是把深情寓于浅淡流动、无多锻炼的笔墨之中。字句探喉而发，然情感颇有克制之美，特属"我"的男性视角非常清晰。若以龚自珍诗概括本篇大旨，必"照人胆似秦时月，送我情如岭上云"二句也。

1　东武：西汉初年置县，始称东武，隋代改称诸城，宋、金、元属密州。客：谓友人章传。

2　又初寒：指历时两年。

3　清欢：高雅恬淡的乐趣。

4　转头山：在诸城境内。

5　玉花翻：形容雪花洁白如玉。

6　云海光宽：形容雪野苍茫广阔。

7　翠袖：指随行侍女。杜甫《佳人》："天寒翠袖薄，日暮倚修竹。"

水调歌头

　　余去岁在东武,作《水调歌头》以寄子由。今年子由相从彭门,居百余日,过中秋而去,作此曲以别。余以其语过悲,乃为和之,其意以不早退为戒,以退而相从之乐为慰云耳。

　　安石在东海[1],从事鬓惊秋[2]。中年亲友难别,丝竹缓离愁[3]。一旦功成名遂[4],准拟东还海道[5],扶病入西州[6]。雅志困轩冕[7],遗恨寄沧洲[8]。　　岁云暮[9],须早计,要褐裘[10]。故乡归去千里,佳处辄迟留[11]。我醉歌时君和,醉倒须君扶我,惟酒可忘忧[12]。一任刘玄德,相对卧高楼[13]。

　　熙宁十年(1077),苏辙来到徐州。兄弟七年未见,自然十分欢喜,遂共登楼赏月。苏辙特作《水调歌头·徐州中秋》赠兄长。词云:“离别一何久,七度过中秋。去年东武今夕,明月不胜愁。岂意彭城山下,同泛清河古汴,船上载凉州。鼓吹助清赏,鸿雁起汀洲。　　坐中客,翠羽帔,紫绮裘。素娥无赖,西去曾不为人留。今夜清樽对客,明夜孤帆水驿,依旧照离忧。但恐同王粲,相对永登楼。”其中“离别一何久”“明月不胜愁""依旧照离忧"等句,苏轼或以为"过悲",因有此作。

苏东坡是理想主义者,甚至有几分孩子气。一切所见无不美好,一切事情都往好的方面想。他说"过悲",言下之意是何至于此,于是自信甚至有些自负地开解一番。"我醉歌时君和,醉倒须君扶我"两句温情脉脉,浮想联翩,使人莞尔。岂不知在一些重要节点上,沉默寡言的子由倒显得比他成熟,"过悲"成为现实,而他的"退而相从之乐"句句落空。遥想其晚年远窜穷荒,今日之豪,适足增异日之悲尔。

还可顺带一首《满江红·怀子由作》,作为本篇补充。与本篇一样,其气韵雄壮处足为此后豪放词群之滥觞:"清颍东流,愁目断、孤帆明灭。宦游处、青山白浪,万重千叠。孤负当年林下意,对床夜雨听萧瑟。恨此生、长向别离中,添华发。一尊酒,黄河侧。无限事,从头说。相看恍如昨,许多年月。衣上旧痕余苦泪,眉间喜气添黄色。便与君、池上觅残春,花如雪。"

1　安石:谢安(320—385),字安石,号东山,东晋政治家、军事家。

2　"从事"句:指谢安四十余岁始出仕。从事,从政。鬓惊秋,惊见鬓发斑白。秋,秋霜,比喻白发。

3　丝竹：弦乐器与竹管乐器之总称，亦泛指音乐。

4　功成名遂：遂，成就。功业建立了，名声也有了。《墨子·修身》："功成名遂，名誉不可虚假。"

5　准拟：准定。海道，指滨海的东山。

6　扶病：抱病。西州：此指故乡巴蜀之地。

7　雅志：此指归隐之志。轩冕：代指官位爵禄。

8　沧洲：滨水的地方。古时常用以称隐士的居处。

9　岁云暮：时间晚，此处指年华老大。

10　褐裘：百姓所穿的粗布皮衣。此喻辞官归隐。

11　迟留：停留。

12　"惟酒"句：三国魏曹操《短歌行》："何以解忧，唯有杜康。"

13　相对卧高楼：《三国志·魏书·陈登传》："许汜与刘备并在荆州牧刘表坐，表与备共论天下人，汜曰：'陈元龙湖海之士，豪气不除……昔遭乱过下邳，见元龙。元龙无客主之意，久不相与语，自上大床卧，使客卧下床。'备曰：'君有国士之名，今天下大乱，帝主失所，望君忧国忘家，有救世之意，而君求田问舍，言无可采，是元龙所讳也，何缘当与君语？如小人，欲卧百尺楼上，卧君于地，何但上下床之间邪？'"

临江仙

送王缄

　　忘却成都来十载[1]，因君未免思量。凭将清泪洒江阳[2]。故山知好在，孤客自悲凉。　　坐上别愁君未见，归来欲断无肠[3]。殷勤且更尽离觞。此身如传舍[4]，何处是吾乡。

　　本篇系熙宁十年（1077）自密州赴徐州途中，为送乡人王缄归蜀作。

　　乡愁，是精神没有归属感带来的痛苦。陶渊明选择躬耕于垄亩，王维选择隐逸于山林，李叔同选择藏心于释迦，找到了灵魂的栖居地，就会获得"此心安处是吾乡"的感受，否则必然是"云横秦岭家何在，雪拥蓝关马不前"的四顾茫然。在此意义上，故乡其实是一种隐喻，而未必是实指的某个地点。乡愁如暗河，隐秘地存在于每个人的血液里，很多时候只是没有被触发而已。

　　在这首词里，王缄的身份并不重要，关键是他——以及"成都"——成了触发游子乡愁的媒蘖，以下"忘却""清泪""悲凉""别愁""无肠"等一系列意象联翩而至，如同点燃引信后的焰火，连续爆裂，不可收拾。至煞拍，所有痛切的感受凝结为理趣的升华——此身如传舍，何处是吾乡。从庄子到谢安皆有"人生如寄"的感喟，东坡亦云"人生如逆旅，我亦是行人"，那种漂泊已经成为骨髓里难以驱除的一种痛感了。等到他给出化解的药方——"此心安处是吾乡"（《定风波》），已经是历经黄州的坎壈摧颓之后了。人生况味，大抵如是，概莫能外。

1　成都来十载：苏洵在京师去世后，苏轼护丧归乡，丁忧期满，于熙宁元年（1068）冬出蜀，至此恰离乡十年。

2　江阳：江北。水北为阳。

3　欲断无肠：无肠可断，表示极度悲伤。

4　传舍：旅途中临时食宿处，即客舍、小旅馆。

临江仙

送李公恕

　　自古相从休务日[1]，何妨低唱微吟。天垂云重作春阴。坐中人半醉，帘外雪将深。　　闻道分司狂御史，紫云无路追寻[2]。凄风寒雨是骎骎[3]。问囚长损气，见鹤忽惊心[4]。

　　本篇元丰元年(1078)正月作于徐州。李公恕时为京东转运使，被召赴京。

　　词仍是常见的送别之什，似无可说者，然而细读则不然。在风花雪月的文人雅趣之末，词人忽着"问囚长损气，见鹤忽惊心"十字煞拍，这真是很煞风景也可惊的一笔！元丰前后正是全国推行新法最厉之时，由于新法的严苛，百姓苦于生计、铤而走险或因为负债而被拘者颇多。作为地方官的苏轼心里极度纠结，所谓"平生所惭今不耻，坐对疲氓更鞭箠"(苏轼《戏子由》)是也。本篇对了解乌台诗案前的苏轼心态颇为重要，值得注意。

　　1　休务：又称休沐，即休假。

2 "闻道"二句：孟棨《本事诗·高逸第三》，杜（牧）为御史，分务洛阳时，李司徒（愿）罢镇闲居，声伎豪华，为当时第一。洛中名士，咸谒见之。李乃大开筵席，当时朝客高流，无不臻赴。以杜持宪，不敢邀置。杜遣座客达意，愿与斯会。李不得已，驰书。方对花独酌，亦已酣畅，闻命遽来。时会中已饮酒，女奴百余人，皆绝艺殊色。杜独坐南行，瞪目注视，引满三卮，问李云："闻有紫云者，孰是？"李指示之。杜凝睇良久，曰："名不虚得，宜以见惠。"李俯而笑，诸妓亦皆回首破颜。杜又自饮三爵，朗吟而起曰："华堂今日绮筵开，谁唤分司御史来。忽发狂言惊满坐，两行红粉一时回。"意气闲逸，旁若无人。此处作者自比杜牧，以李公恕比李愿。

3 骎骎：马疾行貌。此指时日匆匆。《诗经·小雅·四牡》："驾彼四骆，载骤骎骎。"

4 "问囚"句：意思是在提审囚犯的时候，经常感到心中惭愧。见鹤，庾信《小园赋》："龟言此地之寒，鹤讶今年之雪。"此处表达自己因"问囚"而进退两难的心情。

蝶恋花

暮春别李公择

簌簌无风花自堕[1]。寂寞园林，柳老樱桃过[2]。落日多情还照坐。山青一点横云破。　　路尽河回人转柂[3]。系缆渔舟，月暗孤灯火。凭仗飞魂招楚些[4]。我思君处君思我[5]。

亲情、爱情、友情是人的基本情感，也可以说是人伦大欲。在物欲甚嚣尘上的年代，情欲实际上退化了。所以今天很难看到"凭仗飞魂招楚些，我思君处君思我""今夜残灯斜照处，荧荧，秋雨晴时泪不晴"这样男男之间的真情告白。友情，像阳光一样温暖，像月亮一样温柔。

能找到朋友，没人愿意独往独来。水泊梁山上，哪个不是独霸一方的强梁狠角，最终不也声气相投，凑到一座山上排座次？中国古代有很多对著名的朋友，元稹与白居易、韩愈与孟郊、刘禹锡与柳宗元、苏轼与秦观、辛弃疾与陈亮……都是至交。白居易曾寄元稹诗："不知忆我因何事，昨夜三更梦见君。"元稹回复："我今因病魂颠倒，唯梦闲人不梦君。"或梦，或不梦，但都看得出那种浓得化不开的情致。从此意义上讲，诗人的朋友圈也就是文学的生态圈，他们彼此内心的热度就是诗歌生长的阳光雨露。郑板桥寄袁枚语云："君有奇才我不贫。"他是深知个中奥妙的。

1　簌簌：纷然落下貌。

2　樱桃过：指樱桃花期已过。

3　柂：同"舵"。

4　"凭仗"句：楚些，指《楚辞·招魂》，因其句末常用语气词"些"字。此句意为像《招魂》召唤屈原那样，召唤离去的李公择（古时招魂除用于逝者，也可用于召唤流放在外的人）。

5　君思我：《楚辞·山鬼》："君思我兮然疑作。"

浣溪沙

徐门石潭谢雨道上作五首。潭在城东二十里,常与泗水增减,清浊相应[1]。

其　一

照日深红暖见鱼。连溪绿暗晚藏乌[2]。黄童白叟聚睢盱[3]。　　麋鹿逢人虽未惯,猿猱闻鼓不须呼。归家说与采桑姑。

这组浣溪沙是祈雨之后还愿所作。作为苏轼词集中唯一一组乡村镜像,字句间充满了光辉温暖的情怀和对农村生活、乡间风物发自肺腑的喜爱。这不是一般的"走基层,接地气"能达到的效果,它的根本原因在于"使君元是此中人",心性淳朴的苏轼在这里有一种归属感。从艺术成就上看,这一组乡村小词有着高度的细节真实,极尽人间烟火的温馨热烈,洋溢着隽永的乡情,置之中国田园诗史上也允称能品。这一组词上可追陶渊明、孟浩然等先贤,下则开词中田园题材之门,使辛弃疾、蒋捷,直至清代陈维崧、陆震、郑燮等得以踵事增华,蔚然成风。

本篇是组词的第一首。开笔便是"照日深红暖见鱼,连溪绿暗晚藏乌"两句，醇厚之极，全用诗笔。自有词体以来，未见如此写法。当照日深红、连溪绿暗之时，徐州太守苏轼谢雨归来，一如前辈欧阳修在《醉翁亭记》所说的"已而夕阳在山，人影散乱，禽鸟归而宾客从也"。这是何等的画境！其下接一句"黄童白叟聚睢盱"，以纯净的田园人物进一步增厚淳朴的趣味。下片意犹未尽，承上接写胆小的麋鹿与顽皮的猿猴，可谓野趣天成。而最妙莫过"归家说与采桑姑"一句，在这七个字中，黄童、白叟、采桑姑，包括作为谈资的太守都出现在画面之中，动感十足。笔墨追摄之力，尤胜光影之捷、之准。

1　元丰元年（1078）在徐州知州任时作。《苏轼诗集·起伏龙行》叙："徐州城东二十里有石潭。父老云：'与泗水通，增损清浊，相应不差，时有河鱼出焉。'元丰元年春旱，或云：'置虎头潭中，可以致雷雨。'用其说，作《起伏龙行》。"徐门，徐州。石潭，在徐州城东二十里。谢雨：得雨后谢神。

2　绿暗晚藏乌：古乐府《杨叛儿》："暂出白门前，杨柳可藏乌。"形容枝叶茂盛。暗，枝叶浓密，故色暗。

3　"黄童"句：化用韩愈《元和圣德》："黄童白叟，踊跃欢呀。"黄童，黄发小儿。白叟，白发老人。睢盱（huī xū）：淳朴貌，一说喜悦貌。

其　二

旋抹红妆看使君[1]。三三五五棘篱门[2]。相排踏破蒨罗裙[3]。　　老幼扶携收麦社[4]，乌鸢翔舞赛神村[5]。道逢醉叟卧黄昏。

身为徐州"市长"，到郊外谢雨要搞一些仪式，也免不了有一定数量的扈从。而且，这不是普通的"市长"，而是名满天下的苏轼。尽管这时候他还不叫苏东坡，但大才子苏学士的各种传奇肯定口口相传、朝野皆知了。

在"苏市长""走基层"的沿途村落，听说车驾要到了，女人们都急急忙忙地换上鲜艳的衣服，三三五五地簇拥在道路边。市长经过的时候，大家拥挤骚动起来，跷脚张望，以至于有人踏破了紫纱长裙。扶老携幼，举家而出，场院里吹拉弹唱，村民们兴致甚高，不肯离去。天空中鸦鹊盘旋，乌蓝的天际，大片的火烧云冉冉铺开，回风的旷野，麦浪在舒缓地起伏……这些场景都是城里人难于体会的。苏轼的快乐，既源于天降时雨得偿所愿，也源于这些乡村固有的原生态的美。

末句"道逢醉叟卧黄昏"妙笔略同上篇煞拍，无议论，不表态，平平道来，其实内心喜慰不已。

1　旋：临时急就。使君：汉时对州郡长官的称呼，此苏轼自指。

2　棘篱门：用杂生枣树编成篱笆的门。

3　排：推挤。蒨(qiàn)：草名，可作红色染料。此即指红色。

4　收麦社：收麦时节祭祀土地神。

5　鸢：老鹰。赛神：酬祭神灵的各种活动。赛神会有祭品，故鸟类围绕飞翔，伺机觅食。

其　三

麻叶层层苘叶光[1]。谁家煮茧一村香[2]。隔篱娇语络丝娘[3]。　　垂白杖藜抬醉眼[4]，捋青捣䴱软饥肠[5]。问言豆叶几时黄？

古代能带来 GDP 的主要是农业，农业当然成了地方官经济工作的重中之重。而那一天，当地新闻头条就是太守苏轼来到田间地头，亲切地向农民朋友询问收成情况。农民朋友纷纷表示，因为太守求来了及时雨，今年可望获得一个大丰收。

而那一天，苏太守留下了一组光耀千古的《浣溪沙》。

这是第三首，精彩在延续，在深化。上片自层叠的麻叶、光滑的苘叶写起，至"隔篱娇语"的"络丝娘"，恰到好处地收束。这些"络丝娘"年纪应该不大，二十多岁的年纪。她们没有城里人那么矫揉造作，健康的眼神像清澈的山泉。比这一幕让苏太守更开心的是看见老人拄着拐杖，醉眼乜斜。一方面，时雨普降，官民同乐，心情好喝点酒是情理之中；另一方面，乡情淳朴，尊老蔚成风气，也看出太守的教化之功。以上三首词三次提到老者，足见苏轼心中"老者安之，少者怀之"的兼济情怀。

　　结末"问言豆叶几时黄"既贴切情景，又跃动传神之极，几可媲美孟浩然"开轩面场圃，把酒话桑麻"之名句。

1　苘（qǐng）：麻类植物，可制麻袋绳子等。

2　煮茧：即缫丝，用热水煮蚕茧，抽出蚕丝。

3　络丝娘：虫名，因鸣声似纺丝得名，俗称纺织娘。此借指缫丝妇女。

4　垂白：指须发将白的老人。杖：拄。藜：蒺藜，可作拐杖。

5　捋青捣䴰：摘下新麦子炒熟后捣成粉末作干粮。软：犹饱。苏轼《发广州》"三杯软饱后，一枕黑甜余"句自注："浙人谓饮酒为软饱。"

其　四

　　簌簌衣巾落枣花。村南村北响缫车[1]。牛衣古柳卖黄瓜[2]。　　酒困路长唯欲睡，日高人渴漫思茶[3]。敲门试问野人家[4]。

　　这是本组最出风头的一首词，因为长期以来被选入语文课本，已经妇孺皆知、老幼咸闻。对于此类名篇几乎已不可说，但有两点读者或少会心者，必需啰唆几句。

　　其一，首句言静，枣花落于衣襟，簌簌声响，可谓静极，但这"静"是通过次句"村南村北响缫车"衬现出来的。此为古典诗歌常用手法。南朝王籍《入若耶溪》"蝉噪林逾静，鸟鸣山更幽"便是以动写静的典范。王安石则不解风情，非做"一鸟不鸣山更幽"（《钟山即事》）的翻案文章，那是有点拙劣的。清人顾嗣立直斥之为"死句"（《寒厅诗话》），话说得狠了一点，但是基本立场我赞成。

　　其二，末句很值得玩味。"敲门试问野人家"，"试"者，试探、未能肯定之辞也。以一郡太守之尊，过路不仅亲自讨水喝，且丝毫没有"老子在城里下馆子都不要钱，甭说吃你几个烂西瓜"（电影《小兵张嘎》台词）的骄横，居然还不是很肯定！一个"试"字，蔼然仁者，如在目前。

1　缫车：缫丝车。缫，同"缲"。

2　牛衣：编草披牛体为其取暖。《汉书·食货志》："贫民常衣牛马之衣。"宋程大昌《演繁露》："编草使暖，以披牛体，盖蓑衣之类也。"

3　漫：不经意。

4　野人：乡下人。

其　五

软草平莎过雨新[1]。轻沙走马路无尘。何时收拾耦耕身[2]。　　日暖桑麻光似泼，风来蒿艾气如薰[3]。使君元是此中人[4]。

————

本篇是组词的最后一首，或曰"结案陈词"，光彩特异。

上下两片均是先写景后述怀，章法相似。上片已经足够简捷浑厚，但经过它的铺垫，接踵而至的下片更加精彩，足为组词压卷。"日暖桑麻光似泼，风来蒿艾气如薰"，在我眼中，这是苏词刻画乡村光景最有神采的句子，置之田园诗歌史也堪称"不可无一，不能有二"。

由于没有现代交通工具，即便出城数里，也要走上个把小时，然而这种逐步丈量的样态最能合乎于美好生活的悠然节奏，使人可以更加仔细体味光线、草木、人情、光阴，让那些须臾的敏感在心中无所干扰地放大。"光似泼"，这会是多么明亮灿烂的太阳啊！带着颜色、香气、温度、味道，兜头泼将下来，不由分说，也无法抗拒。除了亲身感受，除了词人这样追魂摄魄的妙笔，还有什么能让我们对这样的阳光心驰神醉呢？

　　作为本篇也作为组词的最后一句，"使君元是此中人"七字不仅呼应了"收拾耦耕身"这一说法之由来，更解读出了苏轼写这一组词的内心驱动力，彰显了自己伟岸而富于亲和力的人格形象。是啊！苏轼从来就不是勉强地去"接地气"，他自己就活在这种地气里，心灵没有片刻离开。这或者是苏轼能成其昆仑般伟峻的奥秘之一罢！

1　莎：草本植物，即香附子，生于田野沙地。

2　耦耕：二人并耕，后泛指耕种。《论语·微子》："长沮、桀溺（两个隐士）耦而耕。"此句苏轼自谓农夫出身，什么时候准备再回去归田耕种。

3　蒿艾：多年生草本植物，茎叶有异香。薰：香草。

4　元：通"原"。此中，指此地乡村。

永遇乐

夜宿燕子楼，梦盼盼[1]，因作此词。

明月如霜，好风如水，清景无限。曲港跳鱼，圆荷泻露[2]，寂寞无人见。紞如三鼓[3]，铿然一叶[4]，黯黯梦云惊断[5]。夜茫茫，重寻无处，觉来小园行遍。　　天涯倦客[6]，山中归路，望断故园心眼[7]。燕子楼空，佳人何在，空锁楼中燕。古今如梦，何曾梦觉，但有旧欢新怨。异时对[8]，黄楼夜景[9]，为余浩叹。

本篇作于元丰元年（1078）苏轼任徐州知州时，是他情绪化、个人化感受最强的一首词。

词上片写见闻，下片写思想，其中"黯黯梦云惊断"之"惊"字为词眼。如龙榆生《东坡乐府综论》所说，此中有"一切无常住之悲怀"。"燕子楼空"三句也历来为人称道。《高斋诗话》载：秦观问苏轼近作，乃举此三句。晁补之曰："只三句，便说尽张建封事。"郑文焯《手批东坡乐府》云："公以'燕子楼空'三句语秦淮海，殆以示咏古之超宕，贵神情，不贵迹象也。"从中可见苏轼的自得与为师之道。

另应予注意者，无论是《洞仙歌》中"冰肌玉骨""清凉无汗"的花蕊夫人，还是《贺新郎》中"扇手似玉""孤眠清熟"的幽人，无不洁白美好，丰姿绰约，形貌生动，如可触碰。这首词以盼盼为主角，而绝无一笔写到盼盼容貌，只以梦境渲染之，造成无比凄迷空幻的艺术效果。此真所谓"不涉理路，不落言筌"者。

关于这首词，还有个传说值得一提。宋曾敏行《独醒杂志》："东坡守徐州，作燕子楼乐章，方具稿，人未知之。一日，忽哄传于城中，东坡讶焉，诘其所从来，乃谓发端于逻卒。东坡召而问之，对曰：'某稍知音律，尝夜宿张建封庙，闻有歌声，细听乃此词也，记而传之，初不知何谓。'东坡笑而遣之。"多么"聊斋"的故事！苏轼梦到了盼盼，写了首词，盼盼在另一个世界表示收到，并跑到夫君的庙里唱给他听——这让人相信，所谓天才，真有手眼通天之才啊！

1　盼盼，姓关，唐朝人。白居易《燕子楼》诗序云："徐州故张尚书有爱妓曰盼盼，善歌舞，雅多风态……云尚书既殁，归葬东洛，而彭城有张氏旧第，第中有小楼名燕子。盼盼念旧爱而不嫁，居是楼十余年。"

2　圆荷泻露：露珠从荷叶上滚落。

3　纨(dǎn)如：击鼓声。如，义同"然"，拟声词后缀。三鼓，古人分一夜为五更，每更击鼓报时，又称五鼓。

4　铿然：象声词。《论语·先进》："鼓瑟希，铿尔。"

5　"黯黯"句：梦醒后黯然伤怀。梦云，宋玉《高唐赋》载楚王游高唐之观，梦神女自言"且为朝云，暮为行雨"。以此喻盼盼入梦。

6　天涯倦客：作者自称。

7　"望断"句：故乡遥远，眼不能望，心不能到。

8　异时：他日。

9　"黄楼"二句：黄楼是苏轼在徐州时所改建，作者设想后人将对黄楼凭吊自己。

江神子

别徐州

天涯流落思无穷。既相逢。却匆匆。携手佳人，和泪折残红[1]。为问东风余几许，春纵在，与谁同。　　隋堤三月水溶溶[2]。背归鸿[3]。去吴中[4]。回首彭城，清泗与淮通[5]。欲寄相思千点泪，流不到，楚江东[6]。

苏轼在地方官任上，最有政绩，或者说干得最顺的只有两个地方：徐州与杭州。在徐州抗洪防灾的过程中，他政绩卓著。在杭州浚西湖，筑苏堤，也留下了不朽的丰碑。特别是徐州时期，尚属人生平顺阶段。年富力强，自信满满，词也哀而不伤，真挚浪漫。此番别徐州，苏轼对一年之后的厄运毫无预感，本篇也只是一阕标准的离歌。

别徐州，这个概念很大、很含糊，这里包含了别友人、别百姓，甚至是别情人（词中所谓"佳人"）。词人不明说，我们也不必穿凿解会。需留意下片中"隋堤""吴中""彭城""清泗""楚江"五处地名的连用。昔李白诗云："峨眉山月半轮秋，影入平羌江水流。夜发清溪向三峡，思君不见下渝州。"

四句中连用五地名；杜甫诗云："即从巴峡穿巫峡，便下襄阳向洛阳。"两句中连用四地名，皆为后人所称，以为锤炼无迹。苏轼之连用五地名，顺流直下，帆行水上，亦不让李杜专美于前。

1 残红：凋零的花朵。

2 "隋堤"句：隋炀帝大业元年（605），开通济渠，自西苑引穀水、洛水入黄河；自板渚引黄河入汴水，经泗水达淮河；又开邗沟，自山阳至扬子入长江。渠广四十步，旁筑御道，种柳成行，后称隋堤。溶溶，流动貌。

3 背归鸿：自徐州赴任湖州须南行，春季大雁北飞，故曰"背"。

4 吴中：湖州在三国时属吴。

5 清泗：谓泗水，发源于山东，流经徐州。

6 楚江东：指湖州。长江流经楚地，故称楚江；湖州在江东（即江南），故云。

木兰花令

经旬未识东君信[1]。一夕薰风来解愠[2]。红绡衣薄麦秋寒[3]，绿绮韵低梅雨润[4]。　　瓜头绿染山光嫩[5]。弄色金桃新傅粉[6]。日高慵卷水晶帘，犹带春醪红玉困[7]。

本篇作于元丰二年（1079）苏轼自徐州移湖州、先赴南都拜访友人之际，大抵是一首即席流连、逢场作戏的歌词。我以为，词里出现有关女子醉酒的表述，基本可视为和艺妓佳人们欢场逢迎之作。结了婚的人都知道，跟老婆之间整得这么文艺是不太可能的事。

这首词笔法细腻、人物秀丽、色泽明艳、气氛祥和，下片"瓜头绿染山光嫩"云云尤其富于民间艺术的韵味与风情，读之恍如面对一幅杨柳青年画。如此绮丽缠绵，以至于许多人不相信是出自苏东坡的手笔，而这恰恰是他的佳作，也是他才气纵横、不拘一格的证明。苏词中类似于"多情却被无情恼"这样情调的作品是非常多的，所谓"指出向上一路"并不是与过去、与传统完全决裂，而是自有一分享受和尊重。

这首词足以证明苏词风格的多元化：不仅能高唱入云，也可绿绮韵低；不惟风情爽朗，也可辞致婉约。如此包容阔大的人格境界和文艺理念折射到弟子身上，就体现为他们的个性迥异，绝不呆板，也绝不亦步亦趋。苏门弟子最值得一提的是黄庭坚，其诗歌、书法均可与乃师颉颃而无愧色。他评价苏轼"非胸中有万卷书，笔下无一点尘俗气，孰能至此"，自己的境界虽不至此，也相差仿佛。附录两首黄庭坚词最出色者，俾读者自行体味：

　　万里黔中一漏天，屋居终日似乘船。及至重阳天也霁，催醉，鬼门关外蜀江前。　　莫笑老翁犹气岸，君看，几人黄菊上华颠？戏马台南追两谢，驰射，风流犹拍古人肩。

——定风波·次高左藏使君韵

　　瑶草一何碧，春入武陵溪。溪上桃花无数，花上有黄鹂。我欲穿花寻路，直入白云深处，浩气展虹霓。只恐花深里，红露湿人衣。　　坐玉石，敧玉枕，拂金徽。谪仙何处，无人伴我白螺杯。我为灵芝仙草，不为朱唇丹脸，长啸亦何为。醉舞下山去，明月逐人归。

——水调歌头

1　东君：司春之神，此指春光。

2　"一夕"句：见前《阮郎归》（绿槐高柳咽新蝉）注释2。

3　红绡：红绸。麦秋：《礼记·月令·孟夏之月》：“是月也，聚蓄百药，靡草死，麦秋至。”初夏麦始熟，称“麦秋”。

4　绿绮：琴名。傅休弈《琴赋》：“齐桓公有鸣琴曰号钟，楚庄王有鸣琴曰绕梁，中世司马相如有琴曰绿绮，蔡邕有琴曰焦尾，皆名器也。”

5　“瓜头”句：谓美人佩戴的头饰似乎被黑发染色。山，指由金、银、象牙等贵重材料制成的小梳子，女子插于鬓上，以作装饰。

6　弄色：翻出新鲜颜色。金桃：《旧唐书·西戎传》：“(武德)十一年，(康国)又献金桃、银桃，诏令植之于苑囿。”傅粉：搽粉。《世说新语·容止》：“何平叔(晏)美姿仪，面至白，魏明帝疑其傅粉。正夏月，与热汤饼。既啖，大汗出，以朱衣自拭，色转皎然。”

7　春醪：美酒。陶渊明《和刘柴桑》：“谷风转凄薄，春醪解饥劬。”红玉：肤色红润。《西京杂记》：赵飞燕体轻腰弱，善行步进退，女弟昭仪不能及也。但昭仪弱骨丰肌，尤工笑语，二人并色如红玉，为当时第一，皆擅宠后宫。李贺《贵主征行乐》：“春营骑将如红玉，走马捎鞭上空绿。”

临江仙

龙丘子自洛之蜀，载二侍女，戎装骏马。至溪山佳处辄留，见者以为异人。后十年，筑室黄冈之北，号静安居士。作此记之[1]。

细马远驮双侍女，青巾玉带红靴[2]。溪山好处便为家[3]。谁知巴峡路，却见洛城花[4]。　　面旋落英飞玉蕊[5]，人间春日初斜。十年不见紫云车[6]。龙丘新洞府，铅鼎养丹砂[7]。

陈季常是苏轼所有朋友里给人印象最深的一个，无论杨元素还是李公择，都没他生动。

陈季常之父名希亮，字公弼，曾任凤翔太守。时苏轼任签判，为其僚属。陈希亮严厉刻板，是一个铁腕人物，而苏轼年轻气盛，恃才傲物，双方颇有积怨。但这种恩怨对陈季常的交友没有丝毫影响，他后来成了苏轼的"铁哥们"之一。苏轼在黄州期间，陈在麻城一带隐居，五年中竟七次来访。苏轼专门为他写了一篇洋溢着侠隐之气的文章《方山子传》，然而历史却和老陈开了个大玩笑，因为真正使他广为人知的是惧内。苏轼《寄吴德仁兼简陈季常》诗云："龙丘居士亦可怜，谈空说有夜不眠。忽闻河东狮子吼，拄杖落手心茫然。"是的，在电影《河东狮吼》中被张柏芝训斥追打的就是这位陈先生。

但在这首词里，陈季常全无惧内的迹象，而堪称特立独行、风流倜傥——"载二侍女，戎装骏马"，简直到了行为艺术甚至制服诱惑的境界。当然还有更深入的解读，蔡絛《西清诗话》就调侃说："季常自以为饱禅学，妻柳颇悍忌，季常畏之……观此，则知季常载二侍女以远游，及暮年，甘于枯寂，盖有所制而然，亦可悯笑也。"苏格拉底娶的也是悍妇，所以曾深有体会地说："务必要结婚。娶个好女人，你会很快乐；娶个坏女人，你会成为哲学家。"陈季常当与这位西哲心有戚戚焉吧。

本篇是随手应答之作，多机趣而已，感情投入不多。其实诗歌对于诗人来说，不仅是艺术创作，也有娱乐和消遣功能，不可能总是严肃的。如果每写一首词都想着是不是能不朽，念兹在兹，恐怕就会像欧阳锋一样走火入魔了。东坡曾经说过一个段子：自己一把大胡子，自觉浑然一体，颇为得意。某日，有客问："你晚上睡觉的时候把胡子放在左边还是右边呢？"结果接下来好几个晚上，苏大胡子都处于失眠状态——觉得放在哪边都不对劲儿。一笑。

1　龙丘子：洪迈《容斋随笔》："陈慥，字季常，公弼之子，居于

黄州之岐亭,自称龙丘先生,又曰方山子。"苏轼《方山子传》,
所述其人其诗甚详。

2　"细马"二句:李白《对酒》:"葡萄酒,金叵罗,吴姬十五细
马驮。青黛画眉红锦靴,道字不正娇唱歌。"细马,良马。

3　"溪山"句:宋胡仔《苕溪渔隐丛话前集》引僧可士《送僧
诗》:"是山皆有寺,何处不为家。"

4　巴峡路:陈子昂《初入峡苦风寄故乡亲友》:"宁知巴峡路,
辛苦风尤甚。"此指蜀地山间小路。洛城花:欧阳修《洛阳牡
丹记·花品序》载牡丹"出洛阳者,今为天下第一",此喻"双
侍女"容貌美丽。

5　面旋:盘旋飞舞貌。宋曾巩《亳州雪诗》:"繁英飞面旋,艳
舞起蹁跹。"飞玉蕊:形容花瓣纷然飘落。玉蕊:玉蕊花,此代
指花瓣。

6　紫云车:张华《博物志》:"七月七日夜漏七刻,王母乘紫云
车而至。"杜牧《张好好诗》:"聘之碧瑶佩,载之紫云车。"此指
载少女之车。

7　"龙丘"二句:谓陈慥筑洞炼丹,以求长生。龙丘,清《一统
志·山川·黄州府》:"龙丘在黄冈县北一百二十里,宋陈慥居
此,以地为号。"洞府,本指神仙居处,此指陈慥所居。铅鼎,道
家认为以铅入鼎炼丹,服之可以长生,因谓炼丹炉为铅鼎,又
名丹鼎。丹砂,道家炼丹原料,又名朱砂。

卜算子

黄州定慧院寓居作 [1]

　　缺月挂疏桐，漏断人初静[2]。谁见幽人独往来[3]，缥缈孤鸿影。　　惊起却回头，有恨无人省[4]。拣尽寒枝不肯栖[5]，寂寞沙洲冷。

──

　　苏轼被贬黄州，其头衔大致相当于"黄州市武装部副部长监视居住"。这是个比"弼马温"更没名堂的官，不仅在政治上失去了一切话语权，而且带有强烈的软禁色彩。面对这样巨大的落差，再旷达的人也难免心乱魂惊，凄惶不已。

　　黄州四年，是苏轼嬗变成为苏东坡的四年。黄州之前，他是个政治上的理想主义者，奋发有为的地方官，是个浪漫的风云人物，文坛上睥睨群雄的大腕。黄州之后，"道不行，乘桴浮于海"的出世思想成为他摆脱现实苦难的方舟，人生如梦的感悟让他成为立身贪嗔痴迷局之外的冷眼旁观者。更多时候，他的潜台词成了"如此而已，我不在乎"。

　　看看这时的苏轼吧，他刚到黄州，连个固定的住所也没有，只能寓居在定慧寺这个庙里──一个被遗忘的角落，清冷萧寂，无人问津。一弯残月，夜深人静，一个幽冷的身影独往独来,像天际离群的孤雁。下片的象征意味完全由此氤氲开来:凄苦怨抑的"惊起却回头,有恨无人省"两句和超脱自在的"用舍由人,行藏在我"相比,不啻天壤云泥。唯一贯穿下来的是"拣尽寒枝不肯栖,寂寞沙洲冷"二句,凄苦中隐然有一份"非梧桐不栖,非竹实不食,非醴泉不饮"的高洁与孤傲。此苏轼之所以为东坡也。

推崇婉约、严于格律的现代大词家陈世宜(匪石)在他的《宋词举》里仅选两首东坡的词,一为《水龙吟·杨花》,另一个就是这首《卜算子》,并加按语云:"通首空中传恨,一气呵成……于小令为别调,而一片神行,则温、韦、晏、欧所未有。"陈匪石说"空中传恨""一片神行"都是准确的,而偏偏有人把它句句坐实。有位笔名鲖阳居士的评论家云:"'缺月',刺明微也。'漏断',暗时也。'幽人',不得志也。'独往来',无助也。'惊鸿',贤人不安也。此与《考槃》诗相似。"这位先生其实说得也不无道理,但以外科手术的方式将神韵浑融的词作大卸八块,作此等附会的解说,还是引起后人的诸多不满。清初大诗人王士禛就讽刺说:"村夫子强作解事,令人欲呕……仆尝戏谓,坡公命宫磨蝎,湖州诗案,生前为王珪、舒亶辈所苦,身后又硬受此差排耶?"

---

1 黄州:今湖北黄冈市,苏轼于元丰二年(1079)二月谪居于

此。定慧院，一作定惠院，在黄州东南，苏轼初贬黄州时寓居。

2　漏：古以铜壶滴水计时称“漏”。漏断意为壶中水已滴尽，表明夜深。

3　幽人：兼有幽居之人与幽囚之人的意思。此当为苏轼自指。《易·履卦》：“幽人贞吉。”

4　省（xǐng）：明白。

5　“拣尽寒枝”句：此句颇多争议。或谓鸿雁本不栖息于木，故有语病；或谓作者明知鸿雁不栖于木而谓其“不肯”，意在表明自己“良禽择木而栖”的心志。《左传·哀公十一年》：“鸟则择木，木岂能择鸟。”杜甫《遣愁》：“择木知幽鸟。”

菩萨蛮

回文夏闺怨

柳庭风静人眠昼。昼眠人静风庭柳。香汗薄衫凉。凉衫薄汗香。　　手红冰碗藕。藕碗冰红手[1]。郎笑藕丝长。长丝藕笑郎[2]。

回文是中国古典诗词的顶尖测试题之一,相当于英语专业八级水平。因为涉乎游戏,也常被人瞧不起,而我对游戏一直保存着一份真挚的尊重,时或觉得那些鄙夷文字游戏的理论都是没能力玩好者创造出来并得到同类呼应的。游戏有趣,也高难。即以回文而论,把一些差不多的文字码一块儿,不仅正读倒读都通顺,还要诗趣盎然,甚至骚雅有意境,这岂是才力趣味匮乏者所能措手的? 苏轼是有才华有风趣的人,面对回文这样的高难度游戏,一定心痒难搔、跃跃欲试,于是这组词得以诞生并传世。

苏轼有关闺怨的回文词,一共分春、夏、秋、冬四首,另三首也是绝妙好词,兹备录如下,异曲同工,很耐玩味。《春闺怨》:“翠鬟斜幔云垂耳。耳垂云幔斜鬟翠。春晚睡昏昏。昏昏睡晚春。　　细花梨雪坠。坠雪梨花细。颦浅念谁人。人谁念浅颦。"《秋闺怨》："井桐双照新妆冷。冷妆新照双桐井。羞对井花愁。愁花井对羞。　　影孤怜夜永。永夜怜孤影。楼上不宜秋。秋宜不上楼。"《冬闺怨》："雪花飞暖融香颊。颊香隔暖飞花雪。欺雪任单衣。衣单任雪欺。　　别时梅子结。结子梅时别。归不恨开迟。迟开恨不归。"

东坡格外喜欢文字游戏并非后人臆想。这方面掌故不少，姑举两则：其一，东坡问王安石："何以'鸠'字由'九''鸟'二字合成？"王安石语塞。东坡徐徐云："《诗》云：'鸣鸠在桑，其子七兮'，是七鸟矣，和爷和娘，正是九个。"其二，王安石解字，以为"波"者水之皮也。东坡嘲之曰："若言'波'是水之皮，'滑'必是水之骨耶？"

这样的笑话不知王安石是不是喜欢，但幽默感超强的苏大胡子肯定会得到当今女孩子们的青睐。君不见网上有女作家高呼《来生便嫁苏东坡》么？

---

1 "手红"二句：红润的手端着盛冰莲藕的碗，盛着冰莲藕的碗又冰着红润的手。本自杜甫《陪诸贵公子丈八沟携妓纳凉晚际遇雨二首》其一："公子调冰水，佳人雪藕丝。"

2 "郎笑"二句：谐音双关，藕谐"偶"，丝谐"思"。

南乡子

黄州临皋亭作[1]

晚景落琼杯[2]。照眼云山翠作堆。认得岷峨春雪浪[3]，初来。万顷蒲萄涨渌醅[4]。　　春雨暗阳台[5]。乱洒歌楼湿粉腮。一阵东风来卷地，吹回。落照江天一半开[6]。

本篇作于元丰三年（1080）初夏，时至贬所黄州三月左右。

贬黄州，是死里逃生。初到黄州，也难免一夜数惊，冷汗浃背。然而苏轼不是一条道跑到黑的拗相公，遇到问题，他完全能够开出自我解脱的处方。这不，刚刚安顿下来三个月，他就已经通过佛学、辟谷、交游、躬耕等等五花八门的康复渠道，迅速达到了"好了伤疤忘了疼"的神奇疗效。

从故乡岷峨奔腾而来的春天雪水，就像万顷碧绿的葡萄酒一样从眼前浩浩流过。"逝者如斯夫"，千年后伫立川上的苏子，也一定被这来自大自然的冰凉澄澈洗刷去了不少心灵的伤痕。"认得"二字是本篇要穴。在黄州的长江边，东坡竟然看到了旧相识——自己故乡横流而下的"春雪浪"！这种罔顾事实、主观色彩极其强烈、"想谁就是谁"的阿 Q 精神在诗歌创作上被称为浪漫主义精神。

　　下片情绪持续高涨，"一阵东风来卷地，吹回，落照江天一半开"，所写并不全是自然风光，那也是东坡心意洞明、豁然开朗的写照。全词笔触活泼，瞻之在前，忽焉在后。其仙才卓越，使人有望尘莫及之叹。

　　世间风物之美，一半在景，一半在人。天才诗人如东坡，当然特具"发现美的眼睛"。其札记云："东坡居士酒醉饭饱，倚于几上，白云左绕，清江右回，重门洞开，林峦岔入。当是时，若有思而无所思，以受万物之备。惭愧，惭愧。"另一封信里他说："临皋亭下八十数步，便是大江，其半是峨眉雪水。吾饮食沐浴皆取焉，何必归乡哉？江水风月本无常主，闲者便是主人。"这两段话可为本篇之注脚。

1　临皋亭：在黄州南门外江边。苏轼自定慧院迁居于此。

2　琼杯：玉杯。

3　岷峨：四川境内岷山山脉北支，峨眉山傍其南。而眉山距峨眉甚近，故苏轼常以之指代家乡。春雪浪，春天雪山融水，注入大江。

4　渌醅(lù pēi)：美酒。此处与蒲萄(同"葡萄")均喻江水澄净碧绿。李白《襄阳歌》："遥看汉水鸭头绿，恰似葡萄初酦醅。"

5　阳台:相传在四川巫山。宋玉《高唐赋》:"妾在巫山之阳,高丘之岨,且为朝云,暮为行雨,朝朝暮暮,阳台之下。"此指歌妓所在。

6　落照:落日的光辉。

水龙吟

次韵章质夫杨花词[1]

似花还似非花，也无人惜从教坠[2]。抛家傍路，思量却是，无情有思[3]。萦损柔肠，困酣娇眼，欲开还闭[4]。梦随风万里，寻郎去处，又还被、莺呼起[5]。　　不恨此花飞尽，恨西园，落红难缀[6]。晓来雨过，遗踪何在？一池萍碎[7]。春色三分，二分尘土，一分流水[8]。细看来，不是杨花，点点是离人泪。

如果非要按知名度把苏词分为一二三类，这首《水龙吟》应该算是第二类。这么说并没有要降低其艺术水准的意思，实际上，它同样是上上精品，无非情感上、笔法上更小众一些而已。这首咏物词脱尽堆砌恶习，几乎不用典故，明白晓畅，而意味深长，达到了"不离不即"的咏物词巅峰境界。

咏物词，常被认为是消闲遣兴、逞才使气的载体。东坡这首词可以使人去掉成见。如此的浑灏流转、飘飘渺渺、缠缠绵绵、化骨蚀心，真能使烈士黯然，美女伤怀，人生如寄之感油然而生。唐圭璋评价这首词"遗貌取神，压倒今古"（《唐宋词简释》），信然。

对于本篇的诸种评价中，以王国维《人间词话》最为著名："东坡《水龙吟》咏杨花，和韵而似原唱，章质夫词，原唱而似和韵。才之不可强也如是。"不妨附章质夫原词，读者可自行品味："燕忙莺懒芳残，正堤上柳花飘坠。轻飞乱舞，点画青林，全无才思。闲趁游丝，静临深院，日长门闭。傍珠帘散漫，垂垂欲下，依前被风扶起。　兰帐玉人睡觉，怪春衣雪沾琼缀。绣床渐满，香球无数，才圆却碎。时见蜂儿，仰粘轻粉，鱼吞池水。望章台路杳，金鞍游荡，有盈盈泪。"应该说，章质夫与苏轼交情不浅，曾拳拳叮嘱他应"慎静以处忧患"（苏轼《与章质夫书》），这首词也很看得过去。可惜苏轼的词太棒了，与其原唱确有天才人才之别。王观堂先生尽管讽刺刻薄了一点，说的可都是难以辩驳的实话。

1　次韵：依照别人诗词的韵脚再作一首。章质夫：名楶(jié)，时任荆湖北路提点刑狱。

2　从教：任凭。

3　"抛家"三句：杨花离开枝头，落在路旁，想来似乎无情，又好像有意。

4　"萦损"三句：柔肠被愁思萦绕，双眼因倦怠而思眠。困酣娇眼，以睡眼初展比喻柳叶初生，称柳眼。李商隐《二月二日》："花须柳眼各无赖，紫蝶黄蜂俱有情。"

5　"梦随风"四句：化用唐金昌绪《春怨》："打起黄莺儿，莫叫枝上啼。啼时惊妾梦，不得到辽西。"

6　落红难缀：落花难以再连缀到枝头。

7　一池萍碎：此句下作者自注："杨花落水为浮萍，验之信然。"

8　"春色"三句：谓春已逝去。

西江月

黄州中秋

世事一场大梦[1]，人生几度秋凉。夜来风叶已鸣廊。看取眉头鬓上[2]。　　酒贱常愁客少[3]，月明多被云妨[4]。中秋谁与共孤光。把盏凄然北望。

　　本篇写作时间颇有争议。《苏文忠公诗编注集成总案》说本词作于元丰三年（1080）。杨湜《古今词话》同，并谓其末句"北望"为表现作者"怀君之心"。胡仔《苕溪渔隐丛话》则谓词末两句为抒发"兄弟之情"，"疑是在钱塘（杭州）作"。兹据《总案》编年，题据"六十名家词"本。傅干注本题曰"中秋寄子由"，亦可据。

　　这是苏轼遭贬黄州后的第一个中秋，距离上一首著名的中秋词《水调歌头》正好四年。四年时间不算太长，对普通人来说，也许还不够浑浑噩噩、醉生梦死的，可在这不长的四年里，苏轼的人生已经画出了一道离奇跌宕的曲线——从名震天下的大才子到御史台的阶下囚再到贬废荒芜的罪官。所以把盏北望，心绪悲凉，怎能不发出"世事一场大梦，人生几度秋凉"的慨叹？

　　这场梦太荒诞，太古怪，如同从珠穆朗玛峰直降到马里亚纳海沟。经历了这许多曲折，有资格说这个"大"字了，而人生所能感受的秋凉也已经愈来愈少、愈来愈珍稀。凉，有萧索之意，更毋宁说是一种砭入骨髓的心理幻觉。上一回给子由写中秋词，尚称平顺，故有"但愿人长久，千里共婵娟"的心气，而这回再提"人长久"，只能说是"美丽的谎言"和"牵强的借口"了。

"中秋谁与共孤光。把盏凄然北望"，我们似乎从未看过，也根本不熟悉这样一个寂寞、衰飒的苏东坡。大家眼中，苏轼的姿态永远都应该是"何妨吟啸且徐行"，至少也应该"小舟从此逝，江海寄余生"的。可是，人能永远那么阳光、那么强健么？其实，这个苏轼也是苏轼，而且可能是更真实的苏轼吧。

1　"世事"句：《庄子·齐物论》："且有大觉而后知此其大梦也。"李白《春日醉起言志》："处世若大梦，胡为劳其生。"

2　"夜来"二句：谓木叶掉落，眉鬓染霜。

3　"酒贱"句：韩愈《醉后》："人生如此少，酒贱且勤置。"

4　"月明"句：或谓自喻受谗获罪。宋潘阆《中秋无月》："西风妒秋月，浮云重叠生。"

南乡子

重九涵辉楼呈徐君猷[1]

霜降水痕收。浅碧鳞鳞露远洲[2]。酒力渐消风力软，飕飕。破帽多情却恋头[3]。　　佳节若为酬[4]。但把清樽断送秋。万事到头都是梦[5]，休休。明日黄花蝶也愁[6]。

本篇元丰四年（1081）作于黄州。苏子瞻的词能"指出向上一路"，不光因为他推出了若干首意兴遒举、豪迈奔放的巨制，更因为他在词里表现出了多元化的感受和情怀，富于原创精神地把大写的"我"矗立了起来。在他之前，哪怕是温、韦、冯、晏、欧那样的大家，也还是把题材集中在闲情逸致上，面目相似，看着眼熟，所以著作权常会引起争议。但是苏东坡的不会，因为他的作品都有着具体的个性化的指向，扔到文字堆中都可以一眼识别。"若到松江呼小渡，莫惊鸳鹭，四桥尽是，老子经行处""与余同是识翁人，唯有西湖波底月"，在这些句子里始终能看到那种"天下英雄，惟使君与操耳"的超级自信，心手相应、任意挥洒的境界，"事无不可言，心无不可叙"的派头。即便被贬黄州，即便面对负有监察之责的上司，也毫无怯懦趑趄之色。

　　徐君猷相当于黄州市长，苏轼是他的下属兼被监视对象，属于最憋屈的小官儿。然而苏轼在这首词里表现出来的亦庄亦谐、纵情谈笑、肆无忌惮，完全不是胁肩谄笑、沉沦下僚的做派。开篇二句寥寥十余字即道尽晴秋之美，目的则是为"破帽多情却恋头"的疏狂自放语铺设背景。下片用笔愈益放纵，"但把清樽断送秋"之"断送"已经有些微调侃味。至煞拍"万事到头都是梦，休休。明日黄花蝶也愁"，笔触直白简美，一派虚无感中流露出不能忘情世事的珍惜依恋，令人荡气回肠。整首词信笔写来，得其所哉，体势舒展，毫无偃蹇局促之意。所以我说"豪放"二字当作更宽泛的理解。如此用笔传情，难道不算豪放？

1　重九：重阳。涵辉楼：在黄冈县西南，为当地名胜。徐君猷：名大受，时任黄州知州。

2　鳞鳞：鲜明貌。

3　"破帽"句：《晋书·孟嘉传》载孟嘉于九月九日登龙山时帽子为风吹落而不觉，"落帽"后成重阳登高典故。本词翻用其事，谓破帽未被吹落，仿佛多情恋头。

4　若为：如何，怎样。酬：应付。

5　"万事"句：宋潘阆《尊前勉兄长》："万事到头都是梦，休嗟百计不如人。"

6 "明日"句:唐郑谷《十日菊词》:"节去蜂愁蝶不知,晓庭还绕折空枝。"本词更进一层,谓重阳节后菊花凋萎,蜂蝶均愁。苏轼《九日次韵王巩》:"相逢不用忙归去,明日黄花蝶也愁。"

水龙吟

间丘大夫孝终公显尝守黄州[1]，作栖霞楼[2]，为郡中胜绝。元丰五年，余谪居黄。正月十七日，梦扁舟渡江，中流回望，楼中歌乐杂作。舟中人言：公显方会客也。觉而异之，乃作此词。公显时已致仕在苏州[3]。

小舟横截春江，卧看翠壁红楼起。云间笑语，使君高会[4]，佳人半醉。危柱哀弦[5]，艳歌余响，绕云萦水[6]。念故人老大[7]，风流未减，独回首、烟波里。　　推枕惘然不见，但空江、月明千里。五湖闻道，扁舟归去，仍携西子[8]。云梦南州，武昌东岸，昔游应记[9]。料多情梦里，端来见我[10]，也参差是[11]。

本篇记述了作者初到黄州时的一个梦境，来龙去脉在小序中说得十分明白，词作也晓畅易懂。然气体高妙，入于化境，使人胸次受到美的荡涤，真有"缥缈危楼，笑谈独在千峰上"之感。

上片记梦，"小舟横截春江"二句破空飞来，突兀而起，正合乎梦境恍惚奇幻的特质。难怪晚清大词人郑文焯惊呼"仙乎仙乎"！以下即全写梦境，美酒佳人，江山胜景，更兼"仙乐风飘处处闻"，使人不胜向往。下片抒发梦醒后的感慨。午夜梦醒，但见江山寂然，月明千里，怅惘已极。"料多情梦里，端来见我，也参差是"，不说自己之梦，偏说闾丘先生梦里见我，真是蕴藉浑厚之至。

　　闾丘公显生平未详，但可知苏轼与其交好无间。罗大经《鹤林玉露》载："闾丘公显致仕居吴，东坡过之，必流连信宿。尝言：'过姑苏不游虎丘，不谒闾丘，乃二欠事。'"将"闾丘"与"虎丘"并称，足见倾慕。

1　闾丘大夫孝终公显：复姓闾丘，名孝终，字公显，曾任黄州知州。

2　栖霞楼：苏轼《醉蓬莱》序云："余谪居黄州，三见重九，每岁与太守徐君猷会于栖霞楼。"

3　致仕：古时官员辞官回乡。

4　高会：高雅的聚会。

5　危柱哀弦：指乐声凄绝。柱，筝瑟之类乐器上的枕木，可移动定音。危，高，谓定音高而厉。哀弦，声音悲怨。

6　"艳歌"两句：用秦青"响遏行云"典。《列子·汤问》："薛谭学讴于秦青，未穷青之技，自谓尽之，遂辞归。秦青弗止。饯于郊衢，抚节悲歌，声振林木，响遏行云。薛谭乃谢求反，终身不敢言归。"

7　故人老大：闾丘大夫时年事已高。

8　"五湖"三句，相传范蠡相越平吴之后，携西施，乘扁舟泛五湖而去。闻道，指深知功成身退之道。这里借此想象公显致仕后的潇洒生涯。

9　"云梦"三句：谓闾丘大夫应记得在黄州的日子。云梦南州，指黄州，因其在古云梦泽之南，故云。武昌东岸，亦指黄州。

10　端来：准来，真来。

11　参差，大概、约略。白居易《长恨歌》："中有一人字太真，雪肤花貌参差是。"后三句悬想对方梦见自己。

南歌子

晚春¹

日薄花房绽²，风和麦浪轻。夜来微雨洗
郊坰³。正是一年春好、近清明。　　已改煎
茶火⁴，犹调入粥饧⁵。使君高会有余清⁶。此
乐无声无味、最难名。

———

这首词写的是风和日暖之际，平淡的生活中一点稍纵即
逝的欢喜，颇具禅意。

首句"日薄花房绽，风和麦浪轻"也可作为东坡词工于发
端的证明，所传达的美好感受轻妙细腻，犹如风行水上而来，
堪称使人过目不忘的好言语。寒食清明之间，没有大喜大悲
的诱惑，清茶、糖粥代替了热闹的宴席，反而使人获得了清静
的趣味。大道无名，无味才是至味。全词充满了闲闲道来的
笔墨之趣，使人息灭机心，得以自然之眼观物。这样的作品就
像一杯明前茶，澄澈而醒脑。

和苏轼这种趣味形成最鲜明对比的可推柳永。柳永的
贡献在这里姑且不作探讨，但界定为流行歌曲(不含贬义)大抵
不差。通俗易懂，适合传唱，离不开男女风月那些事儿。而苏

轼是把歌词赋予诗歌意境的艺术巨匠，从这个意义上讲是大手笔。他的词本质上是诗，所以格高调远、意境不俗，充满人生的遐思。即便只是生活片段的记录，传达的也是强烈的个性体验。

　　刘大杰《中国文学史》说柳永是"都市生活的迷恋者，下层生活的体验者"，真使人忍俊不禁。有段记载说，柳永当不上官着急，去找晏殊丞相。表达来意后，晏丞相问："柳先生最近忙啥呢？"柳永说："还不是跟您一样，填填词啥的。"晏殊冷冷回了句："填词是不假，你看我写过'彩线慵拈伴伊坐'这一出儿吗？"柳永"无言以退"。这面子卷的，看着都直冒汗。

1　晚春：在诸词集中未编年。据薛瑞生、邹同庆本，当为元丰五年与黄州知州徐君猷分新火而作。

2　"日薄"句：谓日薄时花才好开放而不蔫。李商隐《壬申七夕》："风轻唯响珮，日薄不蔫花。"日薄，日光单薄。花房：花冠。韩愈《感春五首》："辛夷花房忽全开，将衰正盛须频来。"

3　郊坰（jiōng）：远郊，野外。《尔雅·释地》："邑外谓之郊，郊外谓之牧，牧外谓之野，野外谓之林，林外谓之坰。"

4　"已改"句：古时钻木取火，因四季不同而改用不同的木材，称为"改火"，见前《望江南》（春未老）注释5。此处代指季节变换。

5　入粥饧(xíng)：傅干《注坡词》引《玉烛宝典》："今人以寒食悉为大麦粥，研杏仁为酪，煮饧而饫之。"

6　余清：所余清韵。唐宋之问《咏钟》："岂惟恒待扣，金簴(jù)有余清。"

定风波

三月七日，沙湖道中遇雨[1]，雨具先去，同行皆狼狈，余独不觉。已而遂晴，故作此词。

莫听穿林打叶声。何妨吟啸且徐行[2]。竹杖芒鞋轻胜马[3]。谁怕？一蓑烟雨任平生。　　料峭春风吹酒醒。微冷。山头斜照却相迎。回首向来萧瑟处[4]。归去。也无风雨也无晴。

本篇为东坡代表作，后人有"倚声之能事尽之矣"（郑文焯《手批东坡乐府》）的好评。本篇还是东坡一生心迹的寓言式表征，同时，又是一首无须任何注释的词（尽管还是要注一点）。全篇无一处用典，明白如话，谁都可以看懂。但是随着各人阅历和心境之不同，又可以衍发出无限的理解维度，有如高僧偈语，使人参详不尽。

起首"莫听"二字不讲任何道理地就消音了纷纷扰扰的画面，使整个场景进入飘忽的慢镜头状态。雨滴慢慢飞，树叶慢慢摇，诗人凌波微步，罗袜生尘。悠然自得，无物无我。"何妨吟啸且徐行""一蓑烟雨任平生"，这是一种入世的心态，是基于高度自信的飘逸独行，是遭遇终风苦雨时的一抹微笑，是绚烂之极归于平淡的一份释然。初到黄州曾经是"拣尽寒枝不肯栖",而今却为一抹斜阳而心怀温暖;而"回首向来萧瑟处,也无风雨也无晴"则是一种出世的状态,不再"心为形役",自然不再"惆怅独悲"。回望来时路,胜负已成烟云,这是淡定的极致,是低调的炫丽,也是最高意义上的笑傲江湖。词如其"牌",料想东坡选用《定风波》这个调子,也有自此"风定波止"的期冀与寄托吧。

1　沙湖:在黄州东南三十里。

2　吟啸:放声吟咏。

3　芒鞋:芒草所制之鞋。

4　萧瑟:一作"潇洒",指风雨声。

浣溪沙

游蕲水清泉寺[1]，寺临兰溪，溪水西流。

　　山下兰芽短浸溪。松间沙路净无泥。潇潇暮雨子规啼[2]。　　谁道人生无再少[3]？门前流水尚能西[4]。休将白发唱黄鸡[5]。

　　《东坡志林》卷一载："黄州东南三十里为沙湖，亦曰螺师店。予买田其间，因往相田得疾。闻麻桥人庞安常善医而聋，遂往求疗。安常虽聋，而颖悟过人，以纸画字，书不数字，辄深了人意。余戏之曰：'余以手为口，君以眼为耳，皆一时异人也。'疾愈，与之同游清泉寺。寺在蕲水郭门外二里许。有王逸少洗笔泉，水极甘。下临兰溪，溪水西流。余作歌云……是日剧饮而归。"自述颇详。

　　苏轼的朋友，三教九流，聋人医生庞安常就是其中一个。苏轼和庞相好的理由是"余以手为口，君以眼为耳，皆一时异人也"。在《东坡志林》及他的一些诗词作品里不难看出，他的交友之道是贵在性情。他看重的是不媚流俗的人格和独到的生活情趣，因此在他流离转徙的过程中，倾盖如故的朋友屡见不鲜。甚至在海南最艰苦的岁月里，他还能应邀到平头百姓中喝到尽兴而归。

在这首词中,有几个因素给苏轼带来好心情。一是病愈;二是认识了新朋友,并且二人同游;三是兰溪景致清佳别致。在这里,他那种享受生活的怡然自得跃然纸上,使人看了禁不住有哼唱起来的冲动。至于他途中是怎么跟聋人医生庞先生交流的,就不得而知了,但"得鱼忘筌,得意忘言",喜欢和那个人在一起,说什么、怎么说并不重要。

达观的人不是不会思考人生,也不是没有长远打算,更不是从来没有感慨和忧伤,而是在人生的大部分时间里瞻望前程,绝不会钻牛角尖,绝不放弃当下的乐趣。达观,使得苏轼的人生充满了丰富而真实的乐趣。有佛禅层面的,有生活层面的,可以是美景,可以是烹饪,可以是疏浚西湖时匠心独运的欣然快慰,也可能是在乡下赶路筋疲力尽时讨得的一根黄瓜、一壶茶。苏轼一生吃亏在嘴上没有把门的,心口如一,放言无忌,跟那些僧人、道士、隐士和淳朴的乡下人、老书生在一起,他无须谨言慎行,可以做回本色的自己。王维说:"野老与人争席罢,海鸥何事更相疑。"(《积雨辋川庄作》),此乐正复如是。

1　蕲水:蕲水县,以南临蕲水得名,治所在今湖北浠水县东。清泉寺:在蕲水城外二里。

2　子规：杜鹃鸟，传说为蜀帝杜宇的魂魄所化，故又名杜宇。常夜鸣，声音凄切，故借以抒悲苦哀怨之情。

3　"谁道"句：谚语，"花有重开日，人无再少年。"

4　"门前"句：此句为写实，但"门前"云云亦有出处。《旧唐书·一行传》：天台山国济寺有一老僧会布算，说："门前水当却西流，弟子亦至。"一行入寺请业，"而门前水果却西流"。

5　"休将"句：白居易《醉歌》："谁道使君不解歌，听唱黄鸡与白日。黄鸡催晓丑时鸣，白日催年酉前没。腰间红绶系未稳，镜里朱颜看已失。"这里反用其意，谓不要自伤白发，悲叹衰老。

满江红

寄鄂州朱使君寿昌[1]

江汉西来[2]，高楼下、蒲萄深碧[3]。犹自带、岷峨雪浪，锦江春色[4]。君是南山遗爱守[5]，我为剑外思归客[6]。对此间、风物岂无情，殷勤说。　　江表传[7]，君休读。狂处士[8]，真堪惜。空洲对鹦鹉[9]，苇花萧瑟。独笑书生争底事[10]，曹公黄祖俱飘忽[11]。愿使君、还赋谪仙诗，追黄鹤[12]。

　　词题所谓"朱寿昌"是鄂州"市长"，毗邻黄州，对苏轼敬慕有加，时不时地请屈尊在穷乡僻壤的苏轼改善一下生活。这一点我们不意外，因为苏轼实在太有名了。即便是落难，只要是有点情怀和品位的文人，还是以识其一面为无上荣光。李白说："生不愿封万户侯，但愿一识韩荆州。"秦观略改几字："我独不愿万户侯，惟愿一识苏徐州。"他说出了诸多文人的心声。

　　苏轼本就是情感丰富的人，对雪中送炭的友情又格外珍惜。兴致之来，喷薄涌出，当然要寄给朱寿昌先生看看，同时也捎带他一笔。开篇"江汉西来"数句语意与《南乡子》最似，而细品之，"犹自带"三字与上篇的"认得"还是颇有区别。"认得"更强调主观情致，"犹自带"较倾向自然气派。奔腾的大江融入家乡的春色，真可谓气象万千，词人对此，驰骋想象，视通万里。"对此间、风物岂无情，殷勤说"二句承上启下，由此间风物开启了议论的闸门。

下片议论纵横，而核心在于"独笑"一联。一介骄狂书生能成什么事呢，还不是被人无情杀掉？可是数百年过去，曹操、黄祖"固一世之雄也，而今安在哉"这一番议论有愤激，有疏放，有超迈，肆无忌惮，指桑骂槐。他苏轼不正是"以诗文讪谤新政"而遭贬黄州的一介"狂处士"么？这两句其实是正告"曹公黄祖"们，你们才是在历史中飘过、不留痕迹的人！对于身处逆境的苏轼来说，这样的说论也真是够犀利的了。

这首词上片写景言情，表达脉脉乡思，下片突然从鹦鹉洲借题发挥，嬉笑怒骂，议论风发，直欲破空飞去，颇能见出苏轼"放诞"（宋征璧语，见田同之《西圃词说》）一面。

1　鄂州：今湖北鄂州市。朱寿昌：字康叔，时任鄂州知州。

2　江汉西来：长江和汉水汇于武昌（鄂州古称武昌），武昌位于黄州西，故云。

3　"高楼下"二句：据本词末句看，是指武昌之西黄鹤矶头的黄鹤楼。蒲萄深碧：参见前《南乡子》（晚景落琼杯）注释 4。

4　"岷峨"二句：江水西来，故苏轼联想其中夹杂故乡的雪水和春色。锦江，川中水名，横穿成都，经岷江入长江。与"岷峨"均代指故乡。杜甫《登楼》："锦江春色来天地。"

5　"君是"句：《诗经·小雅·南山有台》："南山有杞，北山有李。乐只君子，民之父母。"《序》称："南山有台，乐得贤也，得贤则能为邦家立太平之基矣。"用此典来称颂朱寿昌仁政。遗爱：《左传·昭公二十年》："及子产卒，仲尼闻之，出涕曰：'古之遗爱也。'"后亦谓仁政恩泽留于民间。

6　剑外：即剑阁以南蜀中地区。

7　江表传：书名，记三国吴事，裴松之注《三国志》多引及，今已佚。此代指三国典籍。

8　狂处士：指祢衡，字正平，汉末人。《后汉书》中载祢衡"少有才辩，而尚气刚傲，好矫时慢物"，孔融几次将他推荐给曹操，因受歧视而大骂曹操，被送荆州刘表处，亦不肯容纳，又被送江夏（今湖北武汉市），为太守黄祖所杀。处士，指有才德而不出来做官的人。

9　"空洲"句：即"空对鹦鹉洲"。《后汉书》："黄祖为江夏太守时，黄祖长子射大会宾客。有人献鹦鹉于此洲，故为名。"《舆地纪胜·鄂州上》载鹦鹉洲为："黄祖杀祢衡处，衡尝作《鹦鹉赋》，故遇害之地得名。"鹦鹉洲在武汉市西南面江中，今所见鹦鹉洲已非故地。

10 底事：何事。

11 曹公：曹操。黄祖：见注释8。飘忽：时光飞速流逝。

12 "愿使君"三句：谪仙，谪居世间的仙人。李白《对酒忆贺监》序谓贺知章呼其为谪仙人，后人遂以谪仙称之。追黄鹤：崔颢曾作《黄鹤楼》诗"昔人已乘黄鹤去"云云，李白欲较胜负，作《登金陵凤凰台》"凤凰台上凤凰游"云云。此处用典，意为勉励朱寿昌作出好诗，追攀前贤。

洞仙歌

仆七岁时 [1]，见眉州老尼 [2]，姓朱，忘其名，年九十余。自言尝随其师入蜀主孟昶宫中 [3]，一日大热，蜀主与花蕊夫人夜起避暑摩诃池上 [4]，作一词，朱具能记之 [5]。今四十年，朱已死久矣，人无知此词者，但记其首两句，暇日寻味 [6]，岂《洞仙歌令》乎？乃为足之云 [7]。

冰肌玉骨 [8]，自清凉无汗。水殿风来暗香满 [9]。绣帘开，一点明月窥人，人未寝，欹枕钗横鬓乱 [10]。　　起来携素手 [11]，庭户无声，时见疏星渡河汉 [12]。试问夜如何？夜已三更，金波淡，玉绳低转 [13]。但屈指、西风几时来，又不道流年 [14]，暗中偷换。

本篇于元丰五年（1082）夏作于黄州，完全虚拟，纯以神行，是最有坡仙元素的一首词。凭着他童年时对眉山老尼转述内容的一点模糊记忆生发开去：消暑纳凉，时见疏星，缓带闲行，如闻鬓香……带我们进入到那个没有烟火气的空明境界，使人如贾宝玉之梦到警幻仙姑，心动莫名。"试问夜如何"数句则不由让我们联想起周邦彦的名作《少年游》："并刀如水，吴盐胜雪，纤指破新橙。锦幄初温，兽香不断，相对坐调笙。低声问，向谁行宿，城上已三更。马滑霜浓，不如休去，直是少人行。"

相同之处：都是帝王的温存良夜。不同之处：前者在宫中，后者在家中；前者是生活，后者是偷情。周所作多缱绻旖旎风光，而在《洞仙歌》里，我们看到的是尊崇、矜持、超然、淡泊的柔情。在那里，帝子佳人同享静美夏夜，三言两语，只说冷暖，点到为止，花前月下，但见潋滟的水光在回廊间摇曳。全篇落点在结末"但屈指、西风几时来，又不道流年，暗中偷换"，更多一分良辰易逝、"人生难得几清明"的人生感悟。

附说一笔。《蜀梼杌》里记载："五代孟昶时……城上尽种芙蓉，九月间盛开，望之皆如锦绣。昶谓左右曰：'自古以蜀为锦城，今日观之，真锦城也。'"历史上举凡纵情声色的国君如唐玄宗、李后主、宋徽宗之流，在音乐、美术、诗歌、器物、追求美女方面都有很高的造诣，对于美的敏感和贪婪使他们有如飞蛾扑火，义无反顾地走向毁灭。意淫是诗人的强项，对于美的过度消费犹如吸食精神鸦片，产生那种美的幻象，足以令后来的浪漫主义者生出艳羡和赞美，当然，也有无尽的惋惜。

1　仆：谦称，第一人称。

2　眉州：即眉山，今属四川，苏轼的家乡。

3　孟昶：五代十国时后蜀国君。

4　花蕊夫人：孟昶贵妃别号。宋吴曾《能改斋漫录》载"意花不足拟其色，似花蕊翩轻也"。贵妃本姓徐，才貌俱佳，擅诗。摩诃池：孟蜀宫苑中的大池。摩诃，梵语"大"之义。

5　具：全。

6　暇日：闲暇之日。寻味：玩味，琢磨。

7　足之：补足全词。

8　冰肌玉骨：《庄子·逍遥游》："藐姑射之山，有神人居焉。肌肤若冰雪，淖约若处子。"杜甫《徐卿二子歌》："大儿九龄色清澈，秋水为神玉为骨。"此形容花蕊夫人高洁出尘。

9　水殿：指摩诃池边的宫殿。

10　钗横鬓乱：形容美人卧态。白居易《如梦令》："肠断，肠断，记取钗横鬓乱。"

11　素手：洁白的手。《古诗十九首》："纤纤擢素手，札札弄机杼。"

12　河汉：银河。

13　"金波"二句：写深夜景象。金波，指月光，谓如金之波流。《汉书·礼乐志·郊祀歌》："月穆穆以金波。"北斗七星之第五星名玉衡，玉衡北二星，即为玉绳星。通常泛指群星，多与"金波"连用。谢朓《暂使下都夜发新林至京邑赠西府同僚》诗：

"金波丽鳷鹊,玉绳低建章。"低转,位置低落了一些。夜星东升西降,低转即见夜更深。

14　不道:不觉。

念奴娇

赤壁怀古[1]

大江东去[2]，浪淘尽，千古风流人物。故垒西边[3]，人道是，三国周郎赤壁[4]。乱石穿空，惊涛拍岸，卷起千堆雪。江山如画，一时多少豪杰。　　遥想公瑾当年[5]，小乔初嫁了[6]，雄姿英发[7]。羽扇纶巾[8]，谈笑间，樯橹灰飞烟灭[9]。故国神游，多情应笑我[10]，早生华发，人生如梦，一尊还酹江月[11]。

———

一把名剑，除了材质优异，淬火至为重要。黄州的经历使名重当时的苏学士破茧化蝶，成了雄视百代的苏东坡。这时的他才气纵横、大笔振迅，有摧枯拉朽的力量。

这首宋词第一名篇（据王兆鹏先生根据多项指标统计结果）已经被前贤说得烂熟，稍可提醒者，如果和《前赤壁赋》做个比较阅读，或者能体味出彼时东坡心境的两个不同层面。赋作对三国史事的追慕主要集中在曹操身上："舳舻千里，旌旗蔽空，酾酒临江，横槊赋诗。"其后紧接"固一世之雄也，而今安在哉"一句反问，这与词中"人生如梦"的感慨是埙篪相应的。与赋相比,词作的焦点则更多集中在对周郎成功人生的追慕上面。《东坡题跋》卷一云:"周瑜二十四经略中原,今吾四十,但多睡善饭,贤愚相远如此。"那就是"遥想公瑾当年……樯橹灰飞烟灭"几句的散文式表达。然则词作虽篇末感伤,而感奋色彩较赋作还是强烈一些的,"多情应笑我,早生华发"的叹喟毕竟掩盖不了全词的豪迈气派。看这首词,主要还当看其大手笔、大纵深、大视角。江山人物,尽为宾客,举首高歌,逸怀浩气逼人而来,是为豪放。如王世贞《艺苑卮言》所说:"果令铜将军于大江奏之,必能使江波鼎沸。"

1　赤壁:汉建安十三年(208)曹操与孙权、刘备联军激战之地。赤壁所在,历来众说纷纭。今多认为在湖北武昌县西赤矶山,亦有嘉鱼(今湖北蒲圻市西北)、汉阳县西南临嶂山等等诸多说法。此处"赤壁"当指黄州赤鼻矶。苏轼《前赤壁赋》:"山川相缪,郁乎苍苍,此非孟德之困于周郎者乎?"《赤壁洞穴》:"黄州守居之数百步为赤壁,或言即周瑜破曹公处,不知果是否?"可见苏轼同样怀疑。词中"人道是"三字亦此意。

2　大江:指长江。

3　故垒:古战场的陈迹,营垒。杜甫《新安吏》:"就粮近故垒,练卒依旧京。"

4　周郎:《三国志·吴书·周瑜传》:"周瑜,字公瑾,庐江舒人也……策亲自迎瑜，授建威中郎将，即与兵二千人，骑五十匹。瑜时年二十四，吴中皆呼为周郎。"

5　当年：当时。亦可理解为正当盛年。赤壁之战时周瑜三十四岁。

6　"小乔"句：乔，一作桥，姓。《三国志·吴书·周瑜传》："时得桥公两女，皆国色也。策自纳大桥，瑜纳小桥。"

7　雄姿英发：指周瑜仪表堂堂、谈吐不凡。《三国志·吴书·周瑜传》："瑜长壮有姿貌。"《三国志·吴书·吕蒙传》：孙权与陆逊论周瑜、鲁肃及蒙曰："公瑾雄烈，胆略兼人……（吕蒙）学问开益，筹略奇至，可以次于公瑾，但言议英发不及之耳。"苏轼《送欧阳推官赴华州监酒》："知音如周郎，议论亦英发。"

8　羽扇纶巾：羽扇，鸟羽所制之扇。纶巾，以青丝绶制成。此处形容周瑜的装束儒雅，风度潇洒。

9　"樯橹"句：樯，桅杆。橹，船桨。灰飞烟灭，此谓曹操大军焚于赤壁之战一炬。李白《赤壁歌送别》："二龙争战决雌雄，赤壁楼船扫地空。烈火张天照云海，周瑜于此破曹公。"

10　"多情"句：倒装，即"应笑我多情"。

11　酹：以酒洒地，表示祭奠。

念奴娇

中秋

凭高眺远，见长空万里，云无留迹。桂魄飞来光射处[1]，冷浸一天秋碧。玉宇琼楼[2]，乘鸾来去[3]，人在清凉国[4]。江山如画，望中烟树历历[5]。　我醉拍手狂歌，举杯邀月，对影成三客。起舞徘徊风露下[6]，今夕不知何夕。便欲乘风，翻然归去，何用骑鹏翼[7]。水晶宫里，一声吹断横笛[8]。

这首词是苏轼写的另一首中秋词，同样堪称千古佳创，绝妙好词，只是为"明月几时有，把酒问青天"的盛名所掩。其实我们捧读的乐趣，很大程度上正是发现那些平时并不浮出水面的瑰宝。本篇作于元丰五年（1082）八月十五日，这一年苏轼47岁。他在黄州刚刚筑好了东坡雪堂，并自号为东坡居士。也是在这一年，他两游赤壁，写下前后《赤壁赋》和《念奴娇》（大江东去），而"丙辰中秋，欢饮达旦"的那首"中秋第一词"作于熙宁九年（1076），时在密州。

时隔六年，按说两词写作的背景和心境会颇有不同。不过我们在词中却看不到多少残酷现实的烙印。中秋满月，像静夜中的大智慧祭起在幽蓝的夜空。在月亮面前，真正的诗人耻于谈及小我的得失，更大的可能是，他已经完全进入一种恍惚状态，忘了今夕何夕。苏轼亦有"谪仙"的称谓，每一个月圆之夜，大概就是他获得超能力的飞升之时，而每当此际，月亮和这个贪恋人间、沉迷万象的大胡子诗人之间就打开了一条光芒的通道，使他自由的灵魂在天地间翱翔。在月亮之下，他的仙气无限挥发，词作清奇摄人。

如果说四十一岁的苏轼写"明月几时有"的时候，还有"酒酣胸胆尚开张"的痴狂，那么在六年之后的这个夜晚，他的视野更辽远，心情更淡定，笔法更清虚，意境更悠远。在《水调歌头》里，他完全以我为主，放言无忌。而这首词则结撰精雅，意脉舒展，尤以下片写得物我两忘，思接混茫，杂糅了现实与想象的光影和色彩，营造出天地任我行、乘风驭气、翩然灵动的抒情境界，是霸气的浪漫主义，无愧于一代豪放词宗。

1 桂魄：古人称月体为魄，又传月中有桂树，故称。

2 玉宇琼楼：形容月中宫殿的精美。

3 乘鸾：《异闻录》："(开元中) 明皇与申天师游月宫……前见素娥十余人，皆皓衣，乘白鸾，笑舞于广庭大桂树下。"

4　清凉国：唐陆龟蒙残句："溪山自是清凉国。"此处指月中清凉世界。

5　烟树历历：崔颢《黄鹤楼》诗："晴川历历汉阳树。"

6　"举杯"三句：李白《月下独酌》："举杯邀明月，对影成三人……我歌月徘徊，我舞影零乱。"

7　"便欲"三句：化用《庄子·逍遥游》："有鸟焉，其名为鹏，背若泰山，翼若垂天之云，抟扶摇羊角而上者九万里。"李白曾被称为"谪仙人"，苏轼亦自比，故称归去。

8　"水晶"二句：李肇《唐国史补》卷下，"（李）牟吹笛天下第一，月夜泛江，维舟吹之……甚为精壮，山河可裂……及入破，呼吸盘擗，其笛应声粉碎"。李牟，或作李谟。此喻胸中豪气喷薄而出。

临江仙

夜归临皋[1]

　　夜饮东坡醒复醉[2]，归来仿佛三更[3]。家童鼻息已雷鸣。敲门都不应，倚杖听江声。　　长恨此身非我有，何时忘却营营[4]。夜阑风静縠纹平[5]。小舟从此逝，江海寄余生。

　　想和过去做一个短暂的了断，喝酒是一种途径。东坡的酒量可能不大，但这并不妨碍他醉得很厉害。他的不少诗词和酒有关，不罕见"大醉"这类字样。事实上，几乎所有的诗人都爱喝酒，因为他们在本质上是个性解放主义者，他们放纵自己的情感和想象力，并以此为乐。

　　写在黄州的醉酒诗，一般会被认为离不开贬官的难堪背景，所以经常会借酒浇愁。其实，在多么顺的顺境中，人也会有忧愁；多么清苦的逆境中，也有美意难拂的时刻。神爱众人，会通过不同的渠道关照你的心情。而且，人的心绪和现实并不总是完全搅和在一起。在衣食无忧的情况下，可以影响到心情的因素实在是太多了：童年、情人、朋友、兄弟、音讯、收成、时光、帆船、马的鬃毛……谁知道呢？有句话说"生活在别处"，其实也可以说"灵魂在别处"。

　　所以我觉得，这首词是苏轼在黄州期间的快乐之作，是酣畅淋漓、思逸神驰的逍遥大作。词结尾的无限向往，并不局限于摆脱当前下行的境遇，而是指向完全另一种人生。入世出世是两种永恒存在的生命状态，前者的意义在于使人生活富足，后者在于使人精神上享有美和超脱。远到陶渊明，近到李叔同，他们的一意归隐都和生活事业波折无关。这些宇宙中的超级星，他们的精神世界永远不依附于现实而存在。苏轼这颗星的亮度更高，做到这一点无疑也更轻松吧？

　　词的妙处不必解释了，有则掌故读者诸君或也熟悉，姑且一引。叶梦得《避暑录话》载，东坡作此词第二天，"喧传子瞻夜作此词，挂冠服江边，挐舟长啸去矣。郡守徐君猷闻之，惊且惧，以为州失罪人，急命驾往谒，则子瞻鼻鼾如雷，犹未醒也。"——你瞧，打呼噜这件事也扎堆儿啊！

1　临皋：在今湖北黄冈市南江边，苏轼曾寓居于此。
2　东坡：元丰四年（1081）三、四月间，苏轼在黄州东南数十亩荒地开荒耕种，取名东坡。
3　仿佛：接近。
4　营营：追求奔逐貌。《庄子·庚桑楚》："无使汝思虑营营。"
5　縠（hú）：有皱纹的纱，此喻水波细微。刘禹锡《竹枝词》："襄西春水縠纹生。"

满庭芳[1]

有王长官者,弃官三十三年,黄人谓之王先生。因送陈慥来过余[2],因赋此。

三十三年,今谁存者?算只君与长江。凛然苍桧,霜干苦难双[3]。闻道司州古县,云溪上、竹坞松窗[4]。江南岸,不因送子,宁肯过吾邦。　　拟拟[5]。疏雨过,风林舞破,烟盖云幢[6]。愿持此邀君,一饮空缸。居士先生老矣[7],真梦里、相对残釭[8]。歌舞断,行人未起,船鼓已逢逢[9]。

———

在黄州的日子里,苏轼的人生滑到了低谷,诸多达官贵人对这个敏感人物避如狼虎,而也有民间人士和官场中的不从流俗者对他推重依然,绝无改变。哪怕只是偶尔的情投意合的聚会和倾谈,都能使他获得极大的感动与快慰,得以一抒抑塞磊落之慨。

陈季常就是这样一个蔑视世俗的传奇人物,他是苏轼的老友,这次来黄州看望,还顺便带来了另一位"神龙"——隐士王长官。王长官,未知其名,从词中看,这是一个非常低调、自我、冷静、随缘的人,性格和苏轼具有很大互补性,因此苏轼对这个倾盖之交的世外高人不吝赞美之词，自己的情怀也显得格外硬朗起来。

全词熔叙事、写人、状景、抒情于一炉，展现王长官不俗风貌的同时，又自抒旷达豪放情致，沧桑情怀中富含阳刚之美。郑文焯《手批东坡乐府》评云："健句入词，更奇峰特出。""不事雕凿，字字苍寒，如空岩霜干，天风吹堕玻璃地上，铿然作碎玉声。"是知者之言。

1　元丰六年（1083）在黄州作。

2　陈慥：字季常，苏轼友，事迹见前《临江仙》（细马远驮双侍女）。

3　"凛然"二句：用苍桧比喻王长官的凛然正气。霜干，凌霜的枝干。

4　"闻道"三句：写王长官所居之处。司州古县，指黄陂县（今属湖北），唐武德三年（620）于此置南司州，七年，州废。竹坞，竹编围墙。

5　抌（chuāng）：通"撞"，击。此形容雨打声。

6　"风林"二句：风吹林动，冲破如盖如幢的烟云。

7　居士先生：苏轼自号东坡居士。

8　釭（gāng）：灯盏，此借指灯火。

9　逄逄（páng）：鼓声。

水调歌头

黄州快哉亭赠张偓佺[1]

落日绣帘卷，亭下水连空。知君为我，新作窗户湿青红[2]。长记平山堂上[3]，欹枕江南烟雨，杳杳没孤鸿。认得醉翁语，山色有无中[4]。　　一千顷，都镜净，倒碧峰[5]。忽然浪起，掀舞一叶白头翁[6]。堪笑兰台公子[7]，未解庄生天籁[8]，刚道有雌雄[9]。一点浩然气[10]，千里快哉风[11]。

───

"白头翁"者，白发渔翁也，不是鸟。"刚道"者，"硬说"之意，不是"刚刚说道"。这是我小时候读这首词的两个误区，不过似乎也并没妨碍我接受整首词所带来的正能量。对孩子来说，知道个大概就可以轻松入手非常重要，烦琐的说文解字反而会把他们挡在诗文殿堂之外。

这首词作于苏轼到黄州的第四年，此时的他早不像初到那会儿"寂寞沙洲冷"了。四年过去，一切都云淡风轻，不足挂齿，他已经成了在"东坡"上空飞翔的凤凰。

凤凰也需要朋友。同贬黄州的好友张怀民在江边建了个亭子，以便观景怡情，喝酒吹风。苏轼非常直白地名之曰"快哉"（译为白话即"爽啊"），并赋得这篇足能体现其"豪放"风格的代表作。"豪放"应该是一个非常宽泛的概念。比如我们说一个人瘦，细分起来会有黑瘦、骨感、瘦弱、窈窕轻盈、弱不禁风、面黄肌瘦等好多种瘦法，那么苏轼的豪放也应该有多面性，雄奇奔放、旷达豪迈、洒脱畅快……不一而足。但有一点很明确：豪放跟粗豪不是一码事，那只能是一种有着极高修养和奇妙颖悟的快乐写作。持此判断本篇，则必能知其明心见性，透彻痛快，可谓通体豪放，而画龙点睛，断在"一点浩然气，千里快哉风"两句。如杨慎《草堂诗余》正集卷四评："结句雄奇，无人敢道。"郑文焯也说："此等句法，使作者稍稍矜才使气，便入粗豪一派。"大鹤山人并非东坡拥趸，他对东坡词的评价也往往从自己审美理想出发。正因如此，他的这一"粗豪"之辨就显得更加珍贵。

　　另赘数语。对于古代文学爱好者，张怀民的知名度可能比一般专业诗人还要高。他至少被苏轼写在诗文里两次：一次是"承天寺夜游"，另一次就是这首《水调歌头》，而这两篇作品都成为了中国文学的瑰宝。这份幸运当然是绝对强过彩票抽到大奖的。

―――
1　张偓佺：即苏轼诗文中屡次提到的张怀民、张梦得，时亦谪居黄州。苏辙《黄州快哉亭记》："清河张君梦得,谪居齐安,即其庐之西南为亭,以览观江流之胜,而余兄子瞻名之曰'快哉'。"

2 湿青红:因亭系"新作",漆色鲜润亮泽。

3 平山堂:在江苏扬州市西北郊蜀冈中峰大明寺内,庆历八年(1048)由时任太守欧阳修主持修建。因地势高,坐此堂上,江南诸山,历历在目,似与堂平,故名"平山"。

4 "认得"二句:欧阳修《朝中措》:"平山栏槛倚晴空,山色有无中。"认得,记得。

5 "一千顷"三句:谓江面开阔,明净如镜,青山倒映水中。

6 一叶:指小舟。白头翁:指船夫。杜甫《清明二首》其二:"春去春来洞庭阔,白萍愁杀白头翁。"

7 兰台公子:战国楚人宋玉。相传曾作兰台令。曾随顷襄王游兰台之宫。

8 庄生天籁:《庄子·齐物论》:"女闻人籁而未闻地籁,女闻地籁而未闻天籁夫?"天籁,自然界的声音。籁,本义为箫,泛指声音。

9 刚道:硬说。雌雄:宋玉将风分作"大王之雄风"与"庶人之雌风"。

10 浩然气:《孟子·公孙丑上》:"吾善养吾浩然之气。""其为气也至大至刚,以直养而无害,则塞于天地之间。"指的是一种主观精神修养。

11　快哉风：《风赋》："楚襄王游于兰台之宫，宋玉、景差侍，有风飒然而至，王乃披襟而当之，曰：'快哉此风，寡人所与庶人共者邪？'"

鹧鸪天

林断山明竹隐墙[1]。乱蝉衰草小池塘。翻空白鸟时时见，照水红蕖细细香[2]。　　村舍外，古城旁。杖藜徐步转斜阳[3]。殷勤昨夜三更雨，又得浮生一日凉[4]。

这首词作于元丰六年(1083)，苏轼时在黄州。茂林的尽头，露出明秀的青山。扶疏的竹影，遮蔽了一面围墙。蝉声杂乱，衰草纵横，在这个荒郊野外的小池塘旁边，苏轼心无挂碍，信步走来，看山是山，看水是水，无所事事地全身心融入自然野趣中。虽云小池塘，也有好景致。翻飞的白鸟、照水的红荷，都是小池中鲜亮的景色，平素无人问津，只为闲人所得。此情此景，禅意盎然。故煞拍二句做方外人语，些微喜悦中极尽萧散之致。

值得一说的是，"翻空白鸟时时见，照水红蕖细细香"两句句法来自杜诗"穿花蛱蝶深深见，点水蜻蜓款款飞"，"杖藜徐步转斜阳"语意承袭杜诗"杖藜徐步立芳洲"。"殷勤昨夜三更雨"，言雨而曰殷勤，此种推人及物的手段亦如杜甫说"颠狂柳絮，轻薄桃花"。以苏轼的高才，必不会刻意模拟老杜，但这些蛛丝马迹，可见得出杜诗潜移默化的影响。所谓

"以诗为词"者，此为一力证。

李杜在诗歌史上双峰并立，号称顶点。二人优劣，后人各有所好，难以妄言。但从对后世诗人的影响而言，杜甫的影响力远超李白。所有在他之后的著名诗人和非著名诗人无不精研杜诗，以为圭臬。这是很值得关注的。或以为杜诗枯槁、苦楚、没味道，恐怕第一是因为早期文学史教科书"阶级斗争为纲"的选诗路线之恶劣影响，再就是现实主义诗人的大帽子害了他，因为人们常常想当然地把"现实"的概念和生活抗争画等号。其实，杜诗力避平滑，极有深意，且饶富生活情趣，这才是为后代诗人所服膺的地方。

1　林断山明：树林的空当，山的崖壁被阳光打亮。

2　蕖：荷花。细细香：暗香。

3　杖藜：拄着藜杖。杜甫《漫兴九首》其五："杖藜徐步立芳洲。"

4　浮生：意为世事不定，人生短促。出自《庄子·刻意》："其生若浮，其死若休。"李涉《题鹤林寺僧舍》："因过竹院逢僧话，又得浮生半日闲。"

满庭芳

元丰七年四月一日,余将去黄移汝,留别雪堂邻里二三君子[1]。会李仲览自江东来别[2],遂书以遗之[3]。

归去来兮[4],吾归何处?万里家山岷峨[5]。百年强半,来日苦无多[6]。坐见黄州再闰[7],儿童尽、楚语吴歌[8]。山中友,鸡豚社酒[9],相劝老东坡。　　云何?当此去,人生底事,来往如梭。待闲看,秋风洛水清波[10]。好在堂前细柳,应念我、莫剪柔柯[11]。仍传语,江南父老,时与晒渔蓑[12]。

———

元丰七年(1084),苏轼奉诏从黄州减罪调动去汝州(今河南汝南县),临行为相待甚厚的邻里友人作此篇。从刚到黄州时"拣尽寒枝不肯栖,寂寞沙洲冷"的栖栖惶惶,到临走之际"仍传语,江南父老,时与晒渔蓑"的恋恋不舍,我们不妨以这首词为由头,回顾一下苏轼在黄州到底发生了哪些变化。

他彻底放了长假,完全从狱讼案牍中解脱出来;他远离上流社会,彻底融入了民间,优游的和尚、神出鬼没的道士、孤高倔强的隐士、懵懂的酿酒好手、大声吵架的村夫村妇……生活从未如此精彩纷呈。他有大把的时间跟形形色色的怪人往还，进而思考人类精神世界的多面性和解脱之道。在他命名为"东坡"的这块新大陆，南亩的薰风、善良的庄稼人、四季的雨雪，都以本色示人，也帮忙还原了苏轼光明温暖的人格和无拘无束的赤子之心。

　　远离了红尘颠倒的苏轼，在物质上很简朴，在精神上很干净。而那些自然的给养，正基于他和黄发垂髫们的淳朴情谊，和三教九流间的肆行无碍频来去，这种真正接地气的"游手好闲"，使他在上流社会获得的那点可怜的趣味变得轻于鸿毛。犹如在某个霹雳闪电的雨夜，一条蛟龙从庙堂的廊柱飞升而去，直奔江湖。谁不向往江湖的乐趣呢？从《罗马假日》里逃离皇室、玩的就是心跳的公主，到《笑傲江湖》里耽于和大坏蛋田伯光喝酒的令狐冲，乃至《鹿鼎记》中胆大妄为、荒谬绝伦的韦小宝……正所谓功夫在诗外，在黄州的江湖生涯，不经意间使龙骧凤翥的当世俊杰苏学士羽化成为高蹈尘外、名垂千古的东坡居士，成为照到哪里哪里亮的自发光体。

　　本篇是苏轼于黄州五年的"结案陈词"之一，挺劲雍容，但也不无辛酸之感。滋味层叠，耐人品嚼。

――

1　雪堂：苏轼在黄州垦地名东坡，筑堂于此，名雪堂。

2　李仲览：名翔，永兴人，素景仰东坡。

3　遗（wèi）：赠予。

4　归去来兮：陶渊明《归去来兮辞》："归去来兮，田园将芜胡
不归。"

5　岷峨：见前《南乡子》（晚景落琼杯）注释3。

6　"百年"二句：苏轼时年四十九岁，故有此说。

7　黄州再闰：苏轼于元丰三年（1080）二月到黄州，至此元丰
七年四月，经过两个闰年。

8　"儿童"句：意谓在黄州住久，子辈口音尽变。苏轼初到黄
州，次子十一岁，幼子九岁。楚语吴歌：黄州古属楚，三国时
属吴。

9　社酒：社祭所用的酒，指乡村的酒。

10　洛水：河南洛河，流经洛阳，汝州近洛阳，故云。

11　"好在"三句：苏轼在雪堂旁植有柳树，希望自己离开后受
到保护。《诗经·召南·甘棠》载：周召伯在甘棠下住过，人们
因思念召伯而爱护此树，不加剪伐。这里暗喻此意。

12　晒渔蓑：曝晒钓鱼时披过的蓑衣，表示自己今后或会归隐
黄州。

阮郎归

初夏

绿槐高柳咽新蝉[1]。薰风初入弦[2]。碧纱窗下水沉烟[3]。棋声惊昼眠。　　微雨过，小荷翻。榴花开欲然[4]。玉盆纤手弄清泉。琼珠碎却圆[5]。

这是一首"无我"的词。全词无任何情节，诗人置身局外，以旁观者的视角，信笔点画，如一幅小院消夏图，紧扣初夏这一时令，撷取有特点的几个场景，表达出清和婉丽、闲适宜人的景致，使人怜惜。消夏的高级境界是"心静自然凉"。这首小词，处处体现静中趣味，笔致疏快流动，是所谓"看似寻常竟奇崛"者。东坡词中，应备一格。

1　咽：形容蝉声轻柔，断断续续。新蝉：初夏之蝉。
2　薰风：南风，和风。《史记·乐书》："昔者舜作五弦之琴，以歌《南风》。"《孔子家语·辩乐解》载《南风》之辞"南风之薰兮，可以解吾民之愠兮"。薰，和煦。
3　水沉：木质香料，又名沉水香。
4　然：同"燃"，形容花红如火。
5　琼珠：玉珠，形容水珠之美。

西江月

平山堂[1]

　　三过平山堂下，半生弹指声中[2]。十年不见老仙翁[3]。壁上龙蛇飞动[4]。　　欲吊文章太守，仍歌杨柳春风[5]。休言万事转头空。未转头时是梦[6]。

―――――

　　苏轼一生说项，赏识才人不遗余力，但在骨子里服气、甚至是有几分崇拜的人，只有欧阳修。当然，这里面有浓重的感念师恩的因素，但欧阳修的道德文章的确令苏轼终生追慕服膺，汲取无尽养分。

　　元丰七年（1084）十月，苏轼初自黄州放还，于扬州上表乞常州居住。继熙宁四年（1071）、七年（1074）后，这是第三次过平山堂。此时的他年届五旬，历经沧桑，而欧阳公也已长逝十三年矣！来到恩师手种垂柳之前，那种忆念与感慨不能不如飞动龙蛇，夭矫横空。

　　上片从自己写起，"三过平山堂下，半生弹指声中"，大跨度的时空穿越极尽感喟，与其诗中名句"三过门中老病死，一弹指顷去来今"同一机杼。"十年不见老仙翁"以下转写恩师，书迹、垂柳、文章，联翩而下，抑扬顿挫，一片神行。词至此已经神妙，然煞拍二句再次发力，将眼前景、心头想升华到哲思层面。"休言万事转头空。未转头时皆梦"，禅师棒喝，不过如是。故陈廷焯《白雨斋词话》称此二句"追进一层，唤醒痴愚不少"。

惠洪《跋东坡平山堂词》引张嘉甫语，记述了填词"实况"："时红妆成轮，名士堵立，看其落笔置墨，目送万里，殆欲仙去尔。"可见本篇是一气呵成者。故其气韵高绝流转，自与"吟安一个字，捻断数茎须"者有别。

欧阳修和苏轼是北宋两代文坛领袖，也都有被贬官的经历。不同的是，欧阳修因为支持范仲淹改革而被贬，苏轼因为反对王安石变法而遭殃。从古代这些大文人的经历来看，一辈子没被贬的少之又少。大宋谏官有职业道德和专业精神者多，庭辩的场面并不少见，包拯甚至有辩论激动、"唾溅帝面"的传奇。由此可见，中国中世纪的政治文明还是相对进步领先的。

1　平山堂：见《水调歌头》（落日绣帘卷）注释3。

2　弹指：佛教语，弹指所需之极短暂时间，称为一弹指或一弹指顷。司空图《偶书五首》之四："平生多少事，弹指一时休。"

3　"十年"句：苏轼自熙宁七年（1074）过平山堂，至此恰十年。

4　龙蛇飞动：李白《草书歌行》："怳怳如闻神鬼惊,时时只见龙蛇走。"此指欧阳修墨迹。

5　"欲吊"二句：谓本打算凭吊欧阳修,却又唱起了他吟咏平山堂的词句。文章太守、杨柳春风：欧阳修《朝中措·送刘仲原出守维扬》："平山栏槛倚晴空,山色有无中。手种堂前垂柳,别来几度春风。文章太守,挥毫万字,一饮千钟。行乐直须年少,樽前看取衰翁。"是为"文章太守""杨柳春风"所本。

6　"休言"二句：白居易《自咏》："百年随手过,万事转头空。"此处更进一层,未转头时即成空。

虞美人

波声拍枕长淮晓[1]。隙月窥人小[2]。无情汴水自东流。只载一船离恨向西州[3]。　　竹溪花浦曾同醉[4]。酒味多于泪。谁教风鉴在尘埃[5]。酝造一场烦恼送人来！[6]

　　本篇为元丰七年（1084）冬，作者至高邮与秦观相会后，于淮上饮别之词，其中折射出的苏、秦师弟间的情谊极为深挚，令人神往。诸如"无情汴水自东流。只载一船离恨向西州"二句，是从李后主"问君能有几多愁，恰似一江春水向东流"中化出，然而能够翻新出奇，缠绕在心头的离恨也仿佛因此有了体积和分量。此种寄托状难摹之景如在目前，实在是聪明过人的好话。后来苏轼的弟子张耒写了一首诗："亭亭画舸系春潭，只待行人酒半酣。不管烟波与风月，载将离恨过江南。"后两句颇得好评，其实也是从师父那里学来的手段。另如对苏轼这位"太老师"颇多指摘的李清照（其父李格非亦苏门弟子）之《武陵春》里，有名句云："闻说双溪春尚好，也拟泛轻舟。只恐双溪舴艋舟，载不动、许多愁。"那也是东坡的流风所及。

　　从这首苏轼给秦观的深情送别之作，不妨再说几句苏秦二人的闲话。惠洪《冷斋夜话》："东坡初未识秦少游,少游知其将至维扬,作坡笔题壁于一山寺,东坡果不能辨,大惊。及见孙莘老,出少游诗词数百篇读之,乃叹曰:'向书壁者,岂此郎耶?'"在写给王安石的一封信中,苏轼说:"向屡言高邮进士秦观太虚,公亦粗知其人,今得其诗文数十首,拜呈。词格高下,固已无逃于左右,独其行义修饬,才敏过人……才难之叹,古今共之,如观等辈,实不易得。愿公少借齿牙,使增重于世,其他无所望也。"如此推奖,用心良苦,不亚于自己恩师欧阳修的风范。

秦观的词史地位也是非常尊崇的,被认为是婉约词的正宗极品。在他的崇拜者眼中,即便苏轼也不在话下。有趣的是,苏轼这首送别词恰恰也很"婉约",即便置之秦观集中也堪称上品。这或者也是一种"以彼之道,还施彼身"吧。

1　长淮:淮河。

2　隙月:从缝隙中透进来的月光。李贺《春坊正字剑子歌》:"隙月斜明刮露寒,练带平铺吹不起。"

3　"无情"二句:白居易《长相思》词:"汴水流,泗水流,流到瓜洲古渡头,吴山点点愁。"西州,故址在南京朝天宫西,指代扬州。

4　竹溪:《新唐书·李白传》载,李白"更客任城,与孔巢父、韩准、裴政、张叔明、陶沔居徂徕山，日沉饮，号'竹溪六逸'。"
此处指与秦观的交游。

5　谁教：谁使。风鉴：风度、见识。《晋书·陆机陆云传论》：
"风鉴澄爽，神情俊迈，文藻宏丽，独步当时。"此处"风鉴在尘
埃"谓少游人才卓绝而遭遇不幸，故有下句"酝造一场烦恼送
人来"。

6　酝造：同酿造，产生。

浣溪沙

元丰七年十二月二十四日，从泗州刘倩叔游南山[1]。

细雨斜风作小寒。淡烟疏柳媚晴滩[2]。入淮清洛渐漫漫[3]。　　雪沫乳花浮午盏[4]。蓼茸蒿笋试春盘[5]。人间有味是清欢[6]。

———

三过平山堂后不久的年底，苏轼途经泗州，略作盘桓。他摘掉了牛鬼蛇神的帽子，重新浮出水面，呼吸自由空气，人生观和世界观变得更为睿智练达。反映在诗词中，那是一种淡淡的欣喜，气定神闲得来的生活趣味。

这是一首关于早春心情的词，字里行间渗透着起落沉浮之后的淡定心境。我相信，无论怎样的童心也逃不脱岁月的淬炼和洗礼。年龄会让一个峻急的人柔和起来，像一把上品的紫砂壶，呈现出温存的旧气。"雪沫乳花浮午盏，蓼茸蒿笋试春盘"，其实这哪里是写食物、写舌尖呢？那些茶、菜清疏的色香味不就是苏轼眼里的岁月和人生么？所以他才淡淡地说："人间有味是清欢。"这七个字就像一杯玲珑剔透的明前茶，真是把人世间的况味都包裹在其中了。

1 刘倩叔：即泗州知州刘士彦。

2 滩：十里滩，在南山附近。

3 洛：洛水，源自安徽定远县西北，在泗州入淮河。漫漫：水势浩大貌。

4 "雪沫"句：谓午间喝茶。雪沫、乳花，均指煎茶时泛起的白沫。苏轼《西江月》："汤发云腴欲白，盏浮乳花清圆。"

5 "蓼茸"句：蓼，草本植物，茎叶味辛辣，可调味、入药。蓼茸，即蓼的嫩芽。蒿笋，芦蒿的嫩茎。春盘，古代风俗，立春日以韭黄、果品、饼饵等簇盘为食，或馈赠亲友，称春盘，取迎新之意。帝王亦于立春前一天，以春盘并酒赐近臣。杜甫《立春》："春日春盘细生菜。"苏轼《次韵曾仲锡元日见寄》："喜见春盘得蓼芽。"作此词时尚未立春，故云"试"。

6 清欢：清雅恬适之乐。

行香子

与泗守过南山晚归作[1]

北望平川。野水荒湾。共寻春、飞步屧颜[2]。和风弄袖，香雾萦鬟[3]。正酒酣时，人语笑，白云间。　　飞鸿落照，相将归去[4]，澹娟娟[5]、玉宇清闲[6]。何人无事，宴坐空山[7]。望长桥上，灯火乱，使君还。

———

　　本篇与上一首《浣溪沙》作于同日，一白天、一夜晚而已。苏轼摆脱了监视居住的状态，政治待遇有所回升。天王巨星所到之处，当地领导自然待若上宾。泗州知州刘士彦也不例外，遂略尽地主之谊。

　　词开篇二句采取先景后人的倒装手法，意在于大背景中定位写作主体。胡仔《苕溪渔隐丛话后集》云："淮北之地平夷，自京师至汴口，并无山，惟隔淮方有南山。"物以稀为贵，盱眙南山被称作淮南第一山，声价甚高。苏轼身居其高，面对寥廓大地，神采飞扬，游宴甚欢。

　　下片写游宴归来，最妙在结数句。以我之所见入诗，这是常规自然的路数。从一个完全外在的角度观照到我等此时的情形，则令人耳目一新。而这点以虚写实的句子还差点惹了祸。

　　王明清《挥麈后录》记载，那位泗州知州刘士彦："本出法家，山东木强人也。闻之，亟谒东坡云：'知有新词，学士名满天下，京师便传。在法，泗州夜过长桥者，徒二年，况知州邪？切告收起，勿以示人。'东坡笑曰：'轼一生罪过，开口常是不在徒二年以下。'"苏轼名气之大和口无遮拦，由此可见一斑。

1　泗守：泗州知州刘士彦。泗州辖境相当在今安徽泗县及江苏泗洪县等地。南山：在泗州东南，风景殊胜，宋米芾称为"东南第一山"。

2　屴崱：高峻的山岭。苏轼《峡山寺》："我行无迟速，摄衣步屴崱。"

3　鬟：此指同行的歌妓。

4　相将：相随，相伴。

5　澹：恬静。娟娟：美好貌。

6　玉宇：天空。

7　宴坐：闲坐。宴，闲适。

满庭芳 [1]

余年十七,始与刘仲达往来于眉山 [2],今年四十九,相逢于泗上 [3]。淮水浅冻,久留郡中 [4],晦日同游南山 [5],话旧感叹,因作此词。

三十三年,漂流江海,万里烟浪云帆。故人惊怪,憔悴老青衫 [6]。我自疏狂异趣,君何事、奔走尘凡 [7]?流年尽,穷途坐守 [8],船尾冻相衔 [9]。　　巉巉 [10]。淮浦外,层楼翠壁,古寺空岩。步携手林间,笑挽纤纤 [11]。莫上孤峰尽处,萦望眼、云海相搀 [12]。家何在?因君问我,归梦绕松杉。

本篇写苏轼和少时好友多年后的一次重逢。仲达和苏轼之间,杂糅了乡情、亲情、友情。他的到来,有如一脉甘洌的山泉,滋润了苏轼孤寂干涸的情感世界。更重要的是,两人相交三十年,当时"少年不识愁滋味",而今则是"识尽愁滋味",字里行间不能不存桀骜之气,硬语盘空,拗折多姿。

"三十三年,漂流江海,万里烟浪云帆",词之开篇即高旷奇绝,不可一世,虽言造次流离际遇,而毫无气弱言卑之感。

以下用"惊怪"二字，刻画出故友对今天之我沧桑容颜的意外和唏嘘，实为另一角度的自述，与《前赤壁赋》主客问难之笔法略同。"怪"字嵌入词中，调节了词的意味和节奏，使全词的叙述始终在谈笑自若的平台上由我主宰，收发自如，也暗示了作者对仕途升沉的轻蔑。

下片记述携旧友登山赏景之乐。注意"笑挽纤纤"四字，当指官妓。官妓陪着游赏助兴，是宋朝官员的正常福利。苏轼这时候虽处于失意期，但是他响亮的名头完全可以赢得这份款待。对泗州的地方官，这甚至是个跟大名流苏学士示好的机会。对于这点儿福利，苏轼在词里毫不回避（须知当时苏词的流行，绝对堪称不胫而走），这也是他"疏狂"的明证。至煞拍处，因故人"家何在"这悠悠一问，辗转飘零的苏东坡以梦为马，回到了阔别已久的故乡。"归梦绕松杉"五字飘渺灵动，余韵无穷，与"夜来幽梦忽还乡""明月夜，短松冈"等名句同一机杼。

全词开阖跌宕，随物赋形，"逸怀浩气"运转其间，恰如严羽《沧浪诗话·诗法》所说："七纵八横，信手拈来，头头是道矣。"晚清大词家王鹏运之句"歌哭无端燕月冷，壮怀销到今年"（《临江仙》），亦堪为之写照。

───

1 元丰七年（1084）底作于江苏盱眙县。

2　刘仲达：作者眉山同乡。

3　泗上：泗水之旁，泗州。

4　郡中：城中。

5　晦日：农历每月末的一天。

6　青衫：唐代八品和九品官服，指官位低下。

7　"我自"三句：意谓自己穷困潦倒是因为不与世俗同流，为什么你也同样如此？自，固然。疏狂，放旷不羁。尘凡，人间。

8　穷途坐守：指"淮水浅冻，久留郡中"的处境。

9　相衔：相连接，形容船只之多。

10　巉巉：险峻的样子。

11　笑挽纤纤：携妓同游。

12　云海相捲：云海混杂，苍茫一片。捲，同"掺"。

满庭芳

余谪居黄州五年，将赴临汝，作《满庭芳》一篇别黄人。既至南都[1]，蒙恩放归阳羡[2]，复作一篇。

归去来兮，清溪无底，上有千仞嵯峨[3]。画楼东畔，天远夕阳多。老去君恩未报，空回首、弹铗悲歌[4]。船头转，长风万里，归马驻平坡[5]。　　无何[6]。何处有，银潢尽处[7]，天女停梭[8]。问何事人间，久戏风波[9]。顾谓同来稚子，应烂汝、腰下长柯[10]。青衫破，群仙笑我，千缕挂烟蓑[11]。

本篇为步《满庭芳》（归去来兮，吾归何处）那首词的原韵而作。步韵的作品，韵脚用字都严格限定。诗词写作诚如闻一多所说的"戴着镣铐跳舞"，那步韵更增加一层难度。要么作者认为这样做有纪念意义，要么是逞才使气，以技艺压人。就这首词而言，和上一篇"归去来兮"的精神诉求是一脉相承的，都体现出对仕途风波的厌倦和心灰意懒，对退隐江湖自得所乐那种闲适境界的由衷向往，所谓"芒鞋不踏名利场，一叶轻舟寄渺茫"（苏轼《雨夜宿净行院》）是也。

　　由于是"蒙恩放归阳羡",词里没有再出现"黄州情结",
而是充满了峰回路转、得偿所愿的欣慰。所以自"船头转,长
风万里,归马驻平坡"以下皆高瞻远瞩,大开大阖,笔法运用
自如,正是坡仙拿手好戏。

　　特别是词的下片,完全进入了狂放不羁的想象世界。结
尾处青衫褴褛致群仙腾笑云云,尤其有"偶开天眼觑红尘"的
不尤人处。这些狂言,一方面可以无限制地达到意淫的快感,
另一方面可以极大将作者从现实的胶葛中解脱出来。这恐怕
是古往今来很多诗人对游仙笔法情有独钟的主要原因。

1　南都:今河南商丘市。作者去临汝途经这里,时元丰八年
(1085)二月。

2　蒙恩放归阳羡:苏轼于元丰七年(1084)两次向神宗皇帝
上《乞常州居住表》,希望去常州居住,终于获得批准。阳羡,
即今江苏宜兴市,当时属常州。放归,因苏轼此前在常州置有
田地,故视为回家。

3　仞:古代长度单位,七尺或八尺为一仞。嵯峨,高峻貌。

4　弹铗悲歌:《战国策·齐策》载,冯谖为孟尝君门客,认为自
己待遇不好,倚柱弹其剑,歌曰:"长铗归来乎! 食无鱼。"居有
顷,复弹其铗,歌曰:"长铗归来乎! 出无车。"后有顷,三弹其
铗,歌曰:"长铗归来乎! 无以为家。"孟尝君一一满足了他的

要求。苏轼这里暗喻皇帝满足了自己安家常州的愿望。

5　归马驻平坡：形容船疾驶，有如骏马下行在平坡一般。驻，
应通"注"。

6　无何：空无所有的虚幻世界，语出《庄子·逍遥游》："何不
树之于无何有之乡。"

7　银潢：银河，潢为天潢星。指星空。

8　天女：织女星。

9　久戏风波：指政治斗争。

10　"应烂汝"二句：梁任昉《述异记》："信安郡石室山，晋时
王质伐木至，见童子数人棋而歌，质因听之。童子以一物与
质，如枣核。质含之，不觉饥。俄顷，童子谓曰：'何不去?' 质
起视，斧柯烂尽。既归，无复时人。"柯，斧柄。

11　烟蓑：指天宫云雾缭绕，如同披上蓑衣。

定风波

王定国歌儿曰柔奴[1]，姓宇文氏，眉目娟丽，善应对，家世住京师。定国南迁归，余问柔："广南风土[2]，应是不好？"柔对曰："此心安处，便是吾乡。"因为缀词云[3]。

谁羡人间琢玉郎[4]。天应乞与点酥娘[5]。自作清歌传皓齿[6]。风起。雪飞炎海变清凉。　　万里归来年愈少[7]。微笑。笑时犹带岭梅香。试问岭南应不好[8]？却道。此心安处是吾乡。

——写这首词的时候，苏轼正步入一生政治生涯的最高点。时值王安石去世，旧党东山再起，苏轼平步青云，由起居舍人到中书舍人再到翰林学士知制诰（大概相当于国务院秘书长），成为皇帝亲信的重臣，但苏轼志不在此。他并没有因为旧党的重用而扭曲自己的立场，坚持认为王安石的新法有合理成分，不可一概废除。这使旧党的一些人相当"无语"，甚至产生尖锐对立。虽然如此，他在被严厉打压之后的扬眉吐气还是一望可知。

世道变了，这首词的主人公——王定国和有着别致姓氏的柔奴也有了好运气。王定国是苏轼的好兄弟，他仪表不俗，见地卓绝，因为乌台诗案被连累，贬到广南。三年后重返京城，苏东坡和老友把酒言欢，快慰非常。席间，柔奴轻歌曼舞，妙语连珠，遂有此词。

开篇即盛赞这对璧人的俊美，似未免俗套，而"琢玉郎""点酥娘"字法极新，也为后文奇语拓开地步。"自作清歌传皓齿。风起。雪飞炎海变清凉"，柔奴的歌声居然能使炎海飞雪，竟体生凉，相形之下，"万里归来年愈少"就不仅是可以理解的，而且实在算不了什么了。"笑时犹带岭梅香"一句述说柔奴之美，并捎带着他们南迁北归的经历，层层递进，翻新出奇。歌声如飞雪，笑带岭梅香，如此女子，世间有几？

更令人心动的是煞拍的两句对话："试问岭南应不好？却道。此心安处是吾乡。""试问"云云，东坡的口吻还是老者对少年、智者对歌女，带着些微调侃和慈祥。令他想不到的是，这个眉目娟丽、有着一副纯银嗓音的柔奴竟然给出"此心安处，便是吾乡"的答案。这不就是东坡自己心底的话么？这份随缘和释然不也正是苏轼的心性气质？答案"亮了"，这首词也随之"亮了"。

主客之间言笑晏晏，宛然可感。在精妙的描摹之后，接续一段原生态的对话。词人的笔墨肆行无碍，妙趣天成。司空图《诗品》云："真予不夺，强得易贫。如逢花开，如瞻岁新。"东坡此篇可以当之。

1　王定国：名巩，号清虚先生，莘县（今山东莘县）人，一作魏州（今河北冀县）人。《宋史·王素传》附子巩："有隽才，长于诗，从苏轼游。轼守徐州，巩往访之，与其客游泗水，登魋山，吹笛饮酒，乘月而归。轼待之于黄楼上，谓巩曰：'李太白死，世无此乐三百年矣！'轼得罪，巩亦窜宾州，数岁得还，豪气不少挫。后历宗正丞，以跌荡傲世，每除官，辄为言者所议，故终不显。"

2　广南：指宾州，属广西南路。

3　缀词：连缀词语作词。

4　琢玉郎：形容王定国风姿俊美。

5　"天应"句：谓美貌的柔奴应是上天所赐。酥，牛乳。点酥娘即形容柔奴肌肤莹白。

6　清歌传皓齿：李白《白纻辞》："扬清歌，发皓齿。"杜甫《听杨氏歌》："佳人绝代歌，独立发皓齿。"李贺《将进酒》："皓齿歌，细腰舞。"

7　"万里"句：谓柔奴跟随王定国从遥远的宾州归来后，更显年轻。苏轼《与王定国书》："王定国瘴烟窟里五年，面如红玉。"

8　岭南：泛指五岭以南地区，即今两广一带。宾州属岭南。

如梦令

寄黄州杨使君二首[1]

其　一

为向东坡传语[2]，人在玉堂深处[3]。别后有谁来？雪压小桥无数。归去，归去，江上一犁春雨[4]。

其　二

手种堂前桃李[5]，无限绿阴青子[6]。帘外百舌儿[7]，惊起五更春睡。居士[8]，居士，莫忘小桥流水。

这两首词作于元祐元年（1086），苏轼从黄州调任京城的第二年，时在翰林院任职。虽说仍是"勇于自信故英绝，胜彼优孟俯仰为"（龚自珍《己亥杂诗》），但毕竟要"嗟余听鼓应官去，走马兰台类转蓬"，案牍相继，虚苦劳神，在这个时候，他格外怀念在黄州时淳朴自在的生活。

杨使君是"黄州市长"，苏轼把这两首小词寄给他，表达对黄州的深情眷恋和终老田园的向往。由雪压小桥，到一犁春雨,再到绿阴青子,诗人想象着东坡雪堂的冬去春来、晦明变化。

　　这种趣味和政治大相径庭,是顺乎人类本性的休养生息,不会人人都有勇气或有机会实现,但是一定人人都向往。黄使君未必和苏轼相熟,但一定也乐于分享词中这份逍遥。写这首词,其实苏轼还藏了一个小心愿。在归朝后,写给黄州友人潘彦明的一封信中,他说"仆暂出苟禄耳,终不久客尘间,东坡不可令荒芜,终当作主,与诸君游,如昔日也。愿遍致此意"。"愿遍致此意",可见苏轼是相当认真的。可惜终其一生,这点微末的心愿也没能实现。

1　杨使君:杨君素,继徐君猷之后,任黄州知州。

2　"为向"句:为我向当时耕种过的东坡带个话。为,为我。

3　玉堂:学士院的别称。沈括《梦溪笔谈》:"学士院玉堂,太宗皇帝曾亲幸。至今唯学士上日许正坐,他日皆不敢独坐。"

4　一犁春雨:形容雨量较小,刚适宜耕种。宋俞成《萤雪丛说》卷上"诗随景物下语"条:诗人于渔父则曰"一蓑烟雨",于农夫则曰"一犁春雨",于舟子则曰"一篙春水",皆曲尽形容之妙也。

5　堂前:指东坡雪堂。

6　青子：未成熟的果实。

7　百舌儿：鸟名，因叫声丰富多变如百鸟同鸣得名。唐郑愔
《百舌》："百舌鸣高树，弄音无常则。"

8　居士：苏轼自指。

南歌子

游赏[1]

山与歌眉敛[2]，波同醉眼流。游人都上十三楼[3]。不美竹西歌吹[4]、古扬州。　　菰黍连昌歜[5]，琼彝倒玉舟[6]。谁家水调唱歌头[7]。声绕碧山飞去[8]、晚云留。

———

词作于元祐五年(1090)杭州知州任上，通篇亦佳，然首二句最可谈。

"水是眼波横，山是眉峰聚"，这是王观的名句。"眉如远山，眼如秋水"这类说法，前人已有，把山水比作眉眼，王观是第一人。王观也是北宋词人，只比苏轼大两岁。他流传的词作不多，然而这一篇《卜算子·送鲍浩然之浙东》却写得聪明灵动，惊采绝艳，足以凭孤篇在诗歌史上立足。

"山与歌眉敛，波同醉眼流"应是脱胎于王观的句子。苏轼才大，但低头向王观学习也是很正常的。因为最高级的诗句来自妙手偶得，对名句这份敬意也可以认为是向美好和灵感致敬。"文人相轻，自古而然"，但落到一首具体的好诗上，最常看到的是，诗人们不但不吝赞美之词，还多有追逐唱和，绝对是不胜钦佩、乐于跟风的。这也就能理解一代文坛泰斗韩愈为什么对寒士孟郊、贾岛推崇有加，而苏轼也对秦观、黄庭坚等弟子赞不绝口甚至给予至高无上的评价了。所以说，低调的人品是融汇智慧的"洼地"。苏轼把王观的得意句子借鉴过来，增减润色，自出机杼，而更见风情万种、余韵悠长。

把"眼波"放大成为"波同醉眼流"，把"眉峰"细化为"山与歌眉敛"，更加波峭有致，把王观原作静态的比喻句变成了山水自然和佳人眉眼"同频共振"，"敛""流"二字比"横""聚"二字更多了一分动感妩媚和神采飞扬。"水是眼波横，山是眉峰聚"是清纯俊美的小家碧玉含情凝伫，"山与歌眉敛，波同醉眼流"则有一种相与俯仰、乐而忘忧、好色而不淫的气象。

王观是走柳永一路的，词集即自号《冠柳》，又曾因应制《清平乐》得"亵渎"之罪而罢官，遂自号"逐客"。简言之，薄有才华的小文人而已。两人胸中丘壑不同，外化于笔端自然有此差异。

1　词题一作"杭州端午"。

2　"山与歌眉"二句：谓湖光山色如美人之黛眉敛翠，秋波顾盼。

3　十三楼：宋代杭州名胜。周密《武林旧事》卷五："十三间楼相严院,旧名十三间楼石佛院。东坡守杭日,每治事于此。"

4　竹西:竹西路,古代是扬州繁华的游乐街区。杜牧《题扬州禅智寺》:"谁知竹西路,歌吹是扬州。"

5　菰黍:即粽子。菰,本指茭白,此指裹粽菰叶。昌歜:宋时以菖蒲嫩茎切碎,盐以佐餐,名昌歜。

6　琼彝、玉舟:皆玉制盛酒器皿。

7　水调唱歌头:即唱水调歌头。

8　"声绕碧山"二句:《列子·汤问》:"薛谭学讴于秦青,未穷青之技,自谓尽之,遂辞归。秦青弗止,饯于郊衢,抚节悲歌,声振林木,响遏行云。薛乃谢求反,终身不敢言归。"此借其典言歌曲美妙而响亮。

贺新郎

夏景

乳燕飞华屋[1]。悄无人、桐阴转午[2]，晚凉新浴。手弄生绡白团扇[3]，扇手一时似玉[4]。渐困倚、孤眠清熟[5]。帘外谁来推绣户，枉教人、梦断瑶台曲[6]。又却是，风敲竹[7]。　石榴半吐红巾蹙[8]，待浮花、浪蕊都尽[9]，伴君幽独。秾艳一枝细看取，芳心千重似束[10]。又恐被、西风惊绿[11]。若待得君来向此，花前对酒不忍触。共粉泪，两簌簌[12]。

本篇于元祐五年（1090）作于杭州，其来历有多种说法：一为官妓秀兰作；二为侍妾榴花作；三为爱妾朝云作。还有一说法不大被提及，曾季狸《艇斋诗话》云："东坡《贺新郎》在杭州万顷寺作，寺有榴花树，故词中云'石榴'。又是日有歌者昼寝，故词中云'渐困倚、孤眠清熟'。其真本云'乳燕栖华屋'，今本作'飞'字，非是。"因为难于考证，姑且不做结论。不过不管是赠予之作，还是作者自陈心曲，对欣赏作品本身没有大的影响。诗歌也好，绘画也好，音乐也好，不了解创作背景，未必不能欣赏。正所谓"作者之用心未必然，读者之用心何必不然"。

这首词的深情缱绻，正如《永遇乐》（明月如霜）一样，代表了样态丰富的苏词孤芳自赏、百转千回的一面。其描述具体而连贯，像一段完整的"视频记录"。这使人相信它不是空穴来风之作，而是确有这么一个"手弄生绡白团扇，扇手一时似玉"的白皙、温婉、寡言的佳人，在苏轼心中挥之不去。

情景或者凿实，而寄托不妨空灵。故须特别留意"待浮花、浪蕊都尽，伴君幽独"一句，此为笼罩全篇之词眼。杜甫《佳人》诗云："绝代有佳人，幽居在空谷……天寒翠袖薄，日暮倚修竹。"美人寂寥，香草零落，其意略同。故煞拍处深藏不露、压抑已久的伤感喷薄而出，佳人泪落如雨，榴花凋落如雨，两两对照，令人酸鼻。《蓼园词话》评云："末四句是花是人，婉曲缠绵，耐人寻味不尽。"甚是。

还需一提，《贺新郎》是个非常著名的高频词调，后人用者极多，其始创者是苏轼，第一例就是本篇。然下片"花前对酒不忍触"作七字，音韵、语感未尽谐美，词律家多怀疑此处脱一字，故以辛弃疾等作为定格，增为一百一十六字。

1　乳燕：雏燕。华屋：装饰精美的房屋。
2　桐阴转午：桐树的影子转移，时至正午。

3　生绡：未漂煮过的生丝织物，常用作手帕。

4　"扇手"句：形容扇、手俱白。《世说新语·容止》："王夷甫容貌整丽，妙于谈玄，恒捉白玉柄麈尾，与手都无分别。"

5　清熟：清静熟睡。

6　瑶台：传为昆仑山上仙人所居之所。此处指梦境。

7　风敲竹：风吹竹响。李益《竹窗闻风寄苗发司空曙》："开门复动竹，疑是故人来。"

8　红巾蹙：形容石榴花的形貌，如红巾叠簇。

9　浮花、浪蕊：喻先于石榴花开放的春花。韩愈《杏花》："浮花浪蕊镇长有，才开还落瘴雾中。"

10　"芳心"句：形容榴花重瓣，也指佳人心事重重。

11　秋风惊绿：秋风起，使绿叶由盛而衰。

12　两簌簌：形容花瓣与眼泪同落。簌簌：纷然落下貌。

八声甘州

寄参寥子[1]

有情风万里卷潮来，无情送潮归。问钱塘江上[2]，西兴浦口[3]，几度斜晖[4]？不用思量今古，俯仰昔人非[5]。谁似东坡老，白首忘机[6]。　记取西湖西畔，正春山好处，空翠烟霏[7]。算诗人相得[8]，如我与君稀。约他年，东还海道，愿谢公雅志莫相违[9]。西州路，不应回首，为我沾衣[10]。

　　这首词作于元祐六年（1091）苏轼由杭州知州被召为翰林学士承旨时，是作者离杭时送给参寥的。

　　参寥与苏轼是挚友。苏轼任徐州知州，他专程从余杭前去拜访；苏轼被贬黄州，他不远千里前去陪伴；苏轼知杭州，他又去当地寺庙落脚；甚至苏轼南迁岭海，他还打算往访，苏轼致书力加劝阻才罢。方外人四大皆空，而独对东坡情谊深厚若此，足见这位坡仙的魅力，甚至是法力。还不仅如此，参寥传世最著名的一首诗也与苏轼有关："底事东山窈窕娘，不将幽梦嘱襄王。禅心已作沾泥絮，肯逐春风上下狂。"诗题为《子瞻席上令歌舞者求诗，戏以此赠》。居然让歌女跟和尚求诗，若非苏轼、若非与参寥心无嫌隙，怎么会有这种事发生？

由此我们可以看到，苏东坡的思维发散性极强，而佛禅给他的精神世界打开了一扇通透的窗户。苏轼被贬黄州后开始精研佛学。一方面是因为除了在东坡那里打理一下他的庄园，完全没有实际职务，有大把的时间务虚，另一方面恐怕也有参寥子日夕盘桓的深刻影响。"苏轼与佛禅""苏轼与参寥"当然也都是有意义的"苏学"论题。

回到词上来。开篇二句劈空而至，恰如天风海雨逼人，既蕴蓄深厚情致，又隐含有情无情之辨的哲学命题，是全篇的精警所在。有此绝妙开篇，以下词句就骏马注坡，大潮奔腾，不可遏止。至"谁似东坡老，白首忘机"作一顿挫，情感和节奏略显舒缓。这既是感情节奏的自然律动，也是诗歌法度的经典案例。下片切合西湖美景，言归隐之志，渐趋闲逸感喟、骨重神寒。故郑文焯《手批东坡乐府》评云："妙在无一字豪宕，无一语险怪……词境至此，观止矣！"近人刘大杰则在名著《中国文学史》里举此为例，说："我们读了这些词，便会知道他的范围大、境界高，打破了词的严格限制和因袭传统的精神。在词中出现了这种高远纯清的新气象，是晚唐五代到晏欧张柳所没有见过的。"

1　参寥子：参寥是诗僧道潜的字，与苏轼为莫逆之交。

2　钱塘江：浙江最大河流，注入杭州湾，江口呈喇叭状，以潮水壮观著名。

3　西兴：在钱塘江南，今浙江杭州市萧山区之西。

4　几度斜晖：意谓度过多少个黄昏。

5　俯仰昔人非：俯仰之间，昔人已非，指世事变化太快。俯仰，低头和抬头，比喻很短的时间。王羲之《兰亭集序》："俯仰之间，已为陈迹。"

6　忘机：道家语，意为消除机巧之心。常用以指甘于淡泊，忘掉世俗，与世无争。李白《下终南山过斛斯山人宿置酒》："我醉君复乐，陶然共忘机。"

7　霏：雾气。

8　相得：相投合，投缘。

9　"约他年"三句：《晋书·谢安传》载：谢安早居上虞东山，毗邻东海，出仕后，"然东山之志始末不渝"，"造泛海之装，欲经略粗定，自江道还东。雅志未就，遂遇疾笃"。此三句用谢安事，谓希望与参寥一同归隐。

10　"西州"三句：《晋书·谢安传》：羊昙者，太山人，知名士也，为安所爱重。安薨后，辍乐弥年，行不由西州路。尝因石头大醉，扶路唱乐，不觉至州门。左右白曰："此西州门。"昙悲感不已，以马策扣扉，诵曹子建诗曰："生存华屋处，零落归山丘。"恸哭而去。此处意谓不希望参寥像羊昙哭谢安那样，为自己不能归隐而落泪。

定风波

余昔与张子野、刘孝叔、李公择、陈令举、杨元素会于吴兴，时子野作《六客词》，其卒章："尽道贤人聚吴分，试问，也应旁有老人星。"凡十五年，再过吴兴，而五人者皆已亡矣。时张仲谋与曹子方、刘景文、苏伯固、张秉道为坐客，仲谋请作《后六客词》[1]。

月满苕溪照夜堂[2]。五星一老斗光芒[3]。十五年间真梦里。何事。长庚对月独凄凉[4]。　　绿鬓苍颜同一醉[5]。还是。六人吟笑水云乡[6]。宾主谈锋谁得似。看取。曹刘今对两苏张[7]。

本篇于元祐六年（1091）作于湖州，短短数十字，记述了两次盛大的友朋聚会，既为考察东坡生平交游之重要文献，也具珍贵的文学史料价值。其中最值得关注者当然是张先。

张先、陆游是宋代诗人中数一数二的老寿星。张先享寿八十九岁，为冠军，陆游八十五岁，屈居次席。相比陆游的深情绵邈，张先显得更加风流快活一些，更加注重生活情趣和自我感受。其词史地位亦高，为晏殊、欧阳修一派向苏轼过渡的中间关键。

　　按年龄，张先当苏轼的爷爷也不过分，二人的忘年之交却极其欢愉，不着形迹。张先八十岁时娶十八岁新娘，苏轼有诗调侃："十八新娘八十郎，苍苍白发对红妆。鸳鸯被里成双夜，一树梨花压海棠。"谑而不虐，可发会心一笑。此即"一树梨花"名句的由来。在苏轼眼中，最敬慕的长辈是欧阳修，最喜欢的长辈则是张先。每个人都喜欢和爱笑的人相处，张先洒脱的人生态度让苏轼认识到"天下本无事，庸人自扰之"的真理。

　　对于有张先参与的那个开心的聚会，东坡多年以后一直念念不忘，宜乎有这篇"后六客词"的产生。试读其在黄州所作《书游垂虹亭》：

　　吾昔自杭移高密，与杨元素同舟，而陈令举、张子野皆从余过李公择于湖，遂与刘孝叔俱至松江。夜半月出，置酒垂虹亭上。子野年八十五，以歌词闻于天下，作《定风波》，其略云："见说贤人聚吴分，试问，也应旁有老人星。"坐客欢甚，有醉倒者。此乐未尝忘也。今七年尔，子野、孝叔、令举皆为异物。而松江桥亭，今岁七月九日，海风驾潮，平地丈余，荡尽无复子遗矣。追思曩时，真一梦耳。

1　张子野：宋代著名词人张先，官至尚书都官郎中，晚年退居湖杭之间。刘孝叔：名述，湖州人。神宗朝为御史，上书劾王安石,出知江州。李公择:李常,字公择。陈令举:陈舜俞字,湖州乌程人,举进士,又举制科第一,熙宁三年(1070),以屯田员外郎知山阴县。青苗法行,舜俞不奉令,上疏自劾,五年而卒。杨元素:见前《菩萨蛮》(玉童西迓浮丘伯)注释1。张仲谋:徐君猷妻舅。曹子方:曹辅字,号静常,海陵人。嘉祐八年(1063)进士乙科。元丰间勾当鄜延路经略司公事,后提点广西刑狱。苏轼在惠数年,数有书帖往来。元祐党人多在巡内,辅周恤备至,士论与之。刘景文:名继孙,开封祥符人。初监饶州酒税。王荆公提点江东刑狱,见小屏间景文所题绝句,大称赏之,即俾兼摄府学教授。后为两浙兵马督监,驻杭州。东坡为守,一见遇以国士,表荐之。苏伯固:苏坚,见后《青玉案》(三年枕上吴中路)。张秉道:名弼,杭州人,苏轼诗文屡称髯张者也。

2 苕溪:一名苕水,位于吴兴,在今浙江省北部。因芦花夹岸,飘飞如雪,当地居民称芦花为"苕",故名苕溪。

3 五星一老:指代上一次聚会的六位座客。一老:老人星,指张先,其余五人比作五颗星。《汉书·律历志上》中有"日月如合璧,五星如连珠",五星连珠是祥瑞的征兆。老人星也叫南极星,主寿昌。

4 长庚:星名。《诗经·小雅·大东》:"东有启明,西有长庚。"朱熹《诗集传》称:启明、长庚皆金星也,以其先日而出,故谓之启明；以其后日而入，故谓之长庚。此处为作者自比。

5　绿鬓：乌黑而有光泽的鬓发，代指青年。苍颜：指代老人。此指聚会众人。

6　水云乡：水云弥漫、风景清幽的地方，多指隐者游居之地。此指苕溪。

7　"曹刘"句：世称曹植、刘桢为曹刘，此处指代曹子方、刘景文。苏张谓苏秦、张仪，战国时期的合纵连横策略的代表人物，以雄辩著称。席间两人姓苏，两人姓张，故戏称"两苏张"。

木兰花令

次欧公西湖韵[1]

霜余已失长淮阔。空听潺潺清颍咽[2]。佳人犹唱醉翁词[3]，四十三年如电抹[4]。　　草头秋露流珠滑[5]。三五盈盈还二八[6]。与余同是识翁人[7]，惟有西湖波底月。

———

"次欧公西湖韵"，故先看欧公原词："西湖南北烟波阔。风里丝簧声韵咽。舞余裙带绿双垂，酒入香腮红一抹。杯深不觉琉璃滑。贪看六幺花十八。明朝车马各西东，惆怅画桥风与月。"一派风流潇洒的韵度，琅琅可歌。苏轼词全步原韵，但是与原作在色彩、情境上体现出鲜明的反差。前者写急管繁弦、万物生发的春天，后者写清静寂寥、草木凋零的秋日；前者兴会无前，秉烛夜游，后者感慨物是人非，充满了深深的失落。

这首词作于元祐六年（1091），苏轼时任颍州知州。这是恩师欧阳修做官、终老并留下诸多脍炙人口名作的地方，也是苏轼特地前往追陪杖履、饮酒谈诗的地方。如今物是人非，思念的闸门霎然洞开，东坡叹息的音量更大，音质更深沉。

霜降之后，阔大的淮河风光不再，只余下颍水潺潺低咽，忽然间醉翁的《木兰花令》传入耳中。原来时光如闪电，已经过去四十三年。还能识得欧公者，恐怕除了我，就只有"三五盈盈还二八"的西湖明月了！煞拍处不说天边月，而说湖底月，是在向多次吟咏西湖的欧阳修致敬。所谓蕴藉深情，于斯可见。

欧阳修《木兰花令》是名作，尤以结末见长。东坡和词在用韵、用字受到严格限制的情况下，独出机杼，毫不逊色，甚至骎骎然凌驾于原词之上，其高才灵感令人叹服。关于"用韵"现象，马大勇《清初庙堂诗歌集群研究》中曾有一点论说，抄录于下，供读者诸君批评：

"用韵"究竟在多大程度上损害了诗歌创作？众所周知，中国古典诗歌是"戴着脚镣跳舞"的艺术，声韵正是这"脚镣"中的关键一环。古往今来，无数诗论家明智地指出过：好的作品大都是清水芙蓉，自出胸臆，"用韵"则束缚思维，限制创作水准。作为一般性的规律，这无疑是正确的，然而事情还有另一面，"用韵"现象的广泛存在亦自有它的强烈的现实合理性：

第一，交际的需要。诗有"兴观群怨"之功能，作诗难免友朋酬答，用对方成韵是同声相应、同气相求的需要，是对其人其作的尊重，亦最易引起对方的情感共振，从而形成一种心灵间的"秘密的对话"。

第二,表达的需要。韵字的选择很大程度上决定着作品的情绪格调,如果"用韵"双方存在类似的感受、观点,用相同、相近的韵字便可能对表达形成一种补益而非减损。

第三,从客观效果来看,"用韵"天然带有着督促创作者发掘语言最大潜力的功用,它在束缚思维的同时也砥砺了思维,在限制创作水准的同时也提高了创作技巧。现代西方诗学从现代语言认识论出发提出了"语言实验"理论,相信语言作为一个自足系统,有其自我更新的无限可能。从这意义上说,"用韵"已经为"语言实验"理论开先声了。"用韵"作品的产生与兴盛,正如诗中的"四声八病",词中的"工尺定格",它使艺术少了几分古朴、多了几分匠气,但却是顺理成章、穷则思变的。就技术操作层面而言,尤其是一种发展和进步。

第四,评论"用韵"对于诗歌创作的危害需因人而异,关键是看作者之才情能否很好地操控作为工具或"脚镣"之一环的韵脚。一个只能负重百斤者背负五十斤重物即可能步履趔趄,而一个可负重千斤者背负数百斤则可能使足迹更加坚实。才力斯在,不能无别。钱牧斋诗作等身,享大名者则是十三叠一百零四首《后秋兴》,这是"用韵损害"理论所难以解释的诗史存在。不仅如此,宋代及以后的无数大诗人、词人都有"用韵"之作,他们无不是文艺理论的行家里手,对其"不自然""多束缚"的危害不会不知,但竟然还是孜孜不倦、前赴后继、乐此不疲。这种复杂的文学现象本身就足以引起我们更深一层的思索。

1 见前《水龙吟》(似花还似非花) 注释 1。欧公,欧阳修。西湖,此指颍州(今安徽阜阳市) 城西北西湖,长十里,宽二里,为当地名胜。欧公西湖韵,指欧阳修《木兰花令》,见下文评析。

2 "霜余"二句:谓深秋的淮河水位降低,颍水流淌的声音也随之低沉。长淮,淮河。清颍,颍水,淮河支流,流经颍州。

3 醉翁词:见上注释 1。

4 四十三年:欧阳修于皇祐元年(1049) 作《木兰花令》词,至此已四十三年。电抹:形容其快。《维摩诘所说经·方便品》:"是身是电,念念不住。"

5 "草头"句:喻世事倏忽。本自汉代挽歌《薤露》:"薤上露,何易晞。露晞明朝更复落,人死一去何时归。"流珠,水银别名。

6 三五:农历十五的月亮。二八:十六的月亮。盈盈,月圆貌。《礼记·礼运》:"三五而盈。"南朝宋谢灵运《怨晓月赋》:"昨三五兮既满,今二八兮将缺。"唐卢仝《有所思》:"天涯娟娟常娥月,三五二八盈又缺。"

7 翁:指欧阳修。

临江仙

送钱穆父¹

一别都门三改火²，天涯踏尽红尘。依然一笑作春温³。无波真古井，有节是秋筠⁴。　　惆怅孤帆连夜发，送行淡月微云。樽前不用翠眉颦⁵。人生如逆旅，我亦是行人⁶。

这首词是苏东坡的名作，从某种意义上，它和在黄州写的那首《定风波》（莫听穿林打叶声）一样，比"大江东去"和"明月几时有"更能代表苏词的气质。"大江东去"太豪迈，"明月几时有"太超逸，都不是人间气象。《定风波》和《临江仙》则如同锋利的钉尖，能够迅速楔入每一个普通人内心最柔软的地方。哪怕你没有思古之幽情，哪怕你不知诗歌为何物。

值得说两点：其一，"无波真古井，有节是秋筠"二句是对白居易《赠元稹》"无波古井水，有节秋竹竿"一联"深加工"的结果，虽借用而能青出于蓝，纯度光泽明显胜于白诗。这种情况除了可在文学理论层面阐释之外，还需考虑到作为一种新兴诗体，宋词对前代诗歌的点染承袭是理所当然、无须避忌的。晏几道的传世名句"落花人独立，微雨燕双飞"，那就是原封不动搬用了五代诗人翁宏的诗句，然而千载之下，如果没有小晏，我们还有多大几率提起翁宏呢？

看起来太没道理，其实顺理成章。好的诗句是造化生成的神器，早已独立存在于天地之间，等待某种相匹配的气场。即便有人（如翁宏）妙手偶得，如果没有足够的能量，根本也养不来、罩不住，最终还是为他人作嫁衣裳。

其二，"人生如逆旅，我亦是行人"是典型的理趣升华而不废情致的妙句，咀嚼无滓，百玩不厌。这也给后人开了无数法门。当代优秀词人李子梨子栗子（真名曾少立）有名句曰："远离青史与良辰。公元年月日，我是某行人。"这就是自东坡"人生"二句而翻出新意的。2012年，我们共同的多年好友遽然辞世，马大勇有《水调歌头》吊之，第二首煞拍云："大家都一样，只你先起航。"面目当然很不同了，但内在思理也是从东坡来的。

1　钱穆父：《宋史·钱勰传》："勰字穆父……元祐初迁给事中，以龙图阁待制知开封府……出知越州，徙瀛州。召拜工部、户部侍郎，进尚书，加龙图阁直学士，复知开封，临事益精。"

2　"一别"句：自穆父赴知越州，二人分别已经三年。都门，指汴京。改火，见前《望江南》（春未老）注释5。

3　春温：如春天一般温和。《史记·田敬仲完世家》："夫大弦浊以春温者，君也；小弦廉折以清者，相也。"

4　筠（yún）：竹。化用白居易《赠元稹》："无波古井水，有节秋竹竿。"

5　翠眉：代指送别的妓女。颦（pín）：皱眉。

6　逆旅：旅店。李白《春夜宴桃李园序》："夫天地者，万物之逆旅；光阴者，百岁之过客。而浮生若梦，为欢几何。"

减字木兰花

春月

　　春庭月午[1]。摇荡香醪光欲舞[2]。步转回廊。半落梅花婉娩香[3]。　　轻云薄雾。总是少年行乐处。不似秋光。只与离人照断肠[4]。

　　赵德麟《侯鲭录》关于本篇的记载颇详尽："元祐七年正月，东坡先生在汝阴，州堂前，梅花大开，月色鲜霁。先生王夫人曰：'春月色胜如秋月色，秋月色令人凄惨，春月色令人和悦，何如召赵德麟辈来饮此花下？'先生大喜曰：'吾不知子能诗耶，此真诗家语耳。'遂相召，与二欧饮。"赵德麟即赵令畤，苏轼的下属兼朋友，也是著名词人。

　　早春庭院，午夜月圆。二三友朋小聚，光影清虚，回廊漫步，梅月双清，充满了及时行乐的美好圆融。正如李太白所说："古人今人若流水，共看明月皆如此。唯愿当歌对酒时，月光长照金樽里。"当此之际，谁去深究喝下的是酒还是月光呢？这首表情和悦、口吻轻松的词篇，令人想起弘一大师病危前手书的偈语："问余何适，廓尔忘言。花枝春满，天心月圆。"也许通脱的感悟和世俗的乐趣本来就殊途同归罢？禅宗所谓"看山还是山,看水还是水",简单明朗、心无挂碍才是王道。

1　月午:午夜。

2　"摇荡"句:谓杯中酒在月光下闪烁摇荡。

3　婉娈:《礼记·内则》:"女子十年不出,姆教婉娈听从。"晋张华《永怀赋》:"扬绰约之丽质,怀婉娈之柔情。"

4　"不似"二句:用王夫人"秋月令人惨凄"意,见下文评析。

减字木兰花

五月二十四日,会无咎之随斋[1]。主人汲泉置大盆中,渍白芙蓉[2],坐客翛然[3],无复有病暑意[4]。

回风落景[5]。散乱东墙疏竹影。满坐清微。入袖寒泉不湿衣。　　梦回酒醒。百尺飞澜鸣碧井[6]。雪洒冰麾。散落佳人白玉肌[7]。

——

诗与人的统一,是诗人的最高境界。诗人分两种:一是心中富有诗情,生活中规中矩;另一种是诗情贯穿,表里如一,诗性的生活成为他们选择的一种生活方式。在俗人看来,似乎难免有矫情的行为艺术之嫌。而这类诗人则浑然不觉,完全是真性情的自然流露。"夏虫不可语冰",诚然如是。

苏轼是这样的诗人,他的人生和诗心水乳交融,不可须臾分割。在这首词里,他展示了自己骚雅绝人的生活品质,其中记录的生活场景,使人在炎炎夏日心幽如泉,凉意入眉。陈琳之檄文可愈曹操头风,东坡之词篇能为读者消暑。文字之功可谓大矣!

这个白荷消暑的超级雅局是晁补之所设。补之追随苏轼多年,声名颇盛,尤以词得苏轼真传。刘熙载云:"东坡词在当时鲜与同调……晁无咎坦易之怀,磊落之气,差堪骖靳。"
(《艺概》)冯煦则称其"所为诗余,无子瞻之高华,而沉咽则过
之"(《宋六十一家词选例言》)。能印证这些评价的,以其《摸
鱼儿·东皋寓居》最为典范,附录于下:"买陂塘、旋栽杨柳,依
稀淮岸江浦。东皋嘉雨新痕涨,沙觜鹭来鸥聚。堪爱处。最
好是、一川夜月光流渚。无人独舞。任翠幄张天,柔茵藉地,
酒尽未能去。　　青绫被,莫忆金闺故步。儒冠曾把身误。
弓刀千骑成何事,荒了邵平瓜圃。君试觑,满青镜星星,鬓影
今如许。功名浪语。便似得班超,封侯万里,归计恐迟暮。"

***

1　无咎:晁补之字无咎,"苏门四学士"之一,时为扬州通判,
东坡属吏。随斋:晁补之在扬州的寓所。

2　渍:浸泡。

3　翛然:无拘无束、自在超脱貌。《庄子·大宗师》:"翛然而
往,翛然而来而已矣。"唐权德舆《田家即事》:"闲卧藜床对落
晖,翛然便觉世情非。"

4　病暑:苦于酷暑。

5　景:通"影",日影。

6　"百尺"句:谓从布满青苔的百尺井中汲水。

7　"雪洒"二句:谓清凉的井水洒在白荷花上。白玉肌,指白
荷花。

青玉案

和贺方回韵 [1]，送伯固还吴中 [2]。

三年枕上吴中路 [3]。遣黄耳 [4]，随君去。若到松江呼小渡 [5]。莫惊鸳鹭，四桥尽是 [6]，老子经行处 [7]。　　辋川图上看春暮。常记高人右丞句 [8]。作个归期天已许。春衫犹是，小蛮针线，曾湿西湖雨 [9]。

东坡这位属官伯固，姓苏名坚，号后湖居士，泉州人，时任钱塘寺丞，并被苏轼聘为"督开西湖"的总指挥。苏坚依照苏轼的设想和计划，从古今方案选用中策进行施工，"疏浚西湖，堆泥筑堤"，使昔日淤塞荒凉、水患浸城的西子湖一分为内外两湖，并在堆泥而筑的堤上修建了六座宏伟的拱桥，夹道杂植花柳，精心铸造了"六桥烟柳"这一千年胜景。后人命之为"苏堤"，实际上是纪念了以苏轼为首、并包括苏坚在内的西湖治理者的千秋功绩。

治理西湖这一事业的合作成功，进一步加深了东坡和伯固之间的友谊。所以苏坚回吴中（或者其时安家吴中）探亲休假，东坡写下这首温馨风趣、欣快喜悦的《青玉案》为之饯行。

　　词开篇平平叙述，次句插入"黄犬"典故便觉生新。"若到松江"句以下是东坡对伯固的调侃语气，反客为主，甚为托大。下片先言吴中风物之美如辋川山居，"高人"二字也调侃，还带有善意的比拟。词笔至此，犹未振起。但煞拍"春衫犹是，小蛮针线，曾湿西湖雨"三句蓦然转出异样神采，全篇为之面貌一新。三年别离，百千头绪，有说不完的话，东坡却拿"曾湿西湖雨"说事儿。这种避重就轻的不着调，就是让人哑然失笑的——浪漫。况周颐《蕙风词话》卷二云："曾湿西湖雨，是清语，非艳语。与上三句相连属，遂成奇艳绝艳，爱不忍释。"赏会独绝。

　　应再赘数语。词题"用贺方回韵"所指即贺铸著名的"梅子黄时雨"一阕。贺铸为此期特出之词家，才情富艳而笔墨多元，豪放、婉约两兼其长，宜乎东坡以此种方式致敬也。

————

1　贺方回：贺铸字方回，北宋词人。原作《青玉案》："凌波不过横塘路，但目送，芳尘去。锦瑟华年谁与度？月桥花院，琐窗朱户，只有春知处。碧云冉冉蘅皋暮，彩笔新题断肠句。试问闲愁都几许？一川烟草，满城风絮，梅子黄时雨。"

2　吴中：今江苏苏州市。

3　"三年"句：谓三年来只能梦回吴中。苏坚随苏轼自元祐四年至六年守杭州。

4　黄耳:《晋书·陆机传》:"初机有骏犬,名曰黄耳,甚爱之。既而羁寓京师,久无家问,笑语犬曰:'我家绝无书信,汝能赍书取消息不?'犬摇尾作声。机乃为书以竹筒盛之而系其颈,犬寻路南走,遂至其家,得报还洛。其后因以为常。"

5　松江:即吴江、淞江,一称苏州河,源出太湖,流经吴县、昆山、青浦、嘉定等地,由今上海市区黄浦江入海。

6　四桥:苏州的四座名桥,为当地胜景。

7　老子:宋人自称之辞。

8　"辋川"二句:唐诗人兼画家王维,官尚书右丞,有别业在辋川(在今陕西蓝田县),并曾于蓝田清凉寺壁绘《辋川图》。杜甫《解闷》诗十二首其八:"不见高人王右丞,蓝田丘壑蔓寒藤。"

9　小蛮:白居易家妓。孟棨《本事诗·事感第二》:"白尚书姬人樊素,善歌;妓人小蛮,善舞。尝为诗曰:'樱桃樊素口,杨柳小蛮腰。'"此指苏坚姬人。

行香子

述怀

清夜无尘。月色如银。酒斟时，须满十
分[1]。浮名浮利，虚苦劳神。叹隙中驹[2]，石中
火[3]，梦中身[4]。　　虽抱文章，开口谁亲[5]。
且陶陶，乐尽天真[6]。几时归去，作个闲人。
对一张琴，一壶酒，一溪云。

这首词写作时间不详，根据词意所反映出来的人生状态
和口吻看，可能是元祐年间在京城任职时所作。这时的苏轼，
年届五旬，结束了黄州贬谪生涯，重回京城，受到重用，成为皇
室近臣。尽管他的声望在当时无人能比，但却并没有成为宰
相之类的实权人物，只是做翰林知制诰等文字工作。

作为近臣，贵则贵矣，但是并没有这个理想主义者发挥
个人才干的空间。他江山易改，禀性难移，不停地呼吁整顿吏
治，宽免官债，直言不讳的性格没有丝毫改变。官场就是利益
场，不结党无以营私，单枪匹马的独行侠难免碰壁。"虽抱文
章，开口谁亲"——可见他还是以文学家的身份在官场行走，
连个志同道合的人都没有。是以他心灰意懒，向往自得其乐

的退隐闲居生活。

　　这首词充满了投闲置散的意味，特别是以"隙中驹，石中火，梦中身"对"一张琴，一壶酒，一溪云"。前者是"心为形役，惆怅独悲"，后者是"策扶老以流憩，时矫首而遐观。云无心以出岫，鸟倦飞而知还"，虚对实，动对静，急促对悠然，精确恰当，反差鲜明，孰为可取，不言自喻。

1　"酒斟"二句：白居易《问少年》："十分酒泻白金盏。"又《雪夜喜李郎中见访兼酬所赠》："十分满盏黄金液。"

2　隙中驹：喻时光易逝。《庄子·知北游》："人生天地间，如白驹之过隙，忽然而已。"

3　石中火：喻人生短暂。北齐刘昼《新论·惜时》："人之短生，犹如石火，炯然以过。"唐寒山《一自遁寒山》："日月如逝川，光阴石中火。"

4　梦中身：喻生命虚幻。《关尹子·四符》："知夫此身如梦中身。"唐许浑《题苏州虎丘寺僧院》："万里高低门外路，百年荣辱梦中身。"

5　"虽抱"二句：谓有才华却不得赏识。

6　陶陶：欢乐貌。《诗经·王风·君子阳阳》："君子陶陶。"天真：不为世俗所染的天性。《庄子·渔父》："礼者，世俗之所为也；真者，所以受于天也，自然不可易也。故圣人法天贵真，不拘于俗。"

蝶恋花

花褪残红青杏小[1]。燕子飞时，绿水人家绕。枝上柳绵吹又少[2]。天涯何处无芳草[3]。　　墙里秋千墙外道。墙外行人，墙里佳人笑。笑渐不闻声渐悄。多情却被无情恼[4]。

《词林纪事》载："子瞻在惠州，与朝云闲坐。时青女（指霜雪）初至，落木萧萧，凄然有悲秋之意。命朝云把大白，唱'花褪残红'。朝云歌喉将啭，泪满衣襟。子瞻诘其故，答曰：'奴所不能歌，是"枝上柳绵吹又少，天涯何处无芳草"也。'子瞻翻然大笑曰：'是吾正悲秋，而汝又伤春矣。'"据此，本篇约作于绍圣二年（1095）左右。

一波三折，清新跌宕，音节浏亮，婉转如歌。如果说这是史上最完美的一阕蝶恋花，相信不会有人反对。我特别想知道的是：这么美好的词，朝云为什么要哭？

苏轼三十九岁纳朝云为妾，二十二年后，朝云离世。朝云"敏而好义、忠敬如一"，被东坡引为红颜知己。在"来生便嫁苏东坡"的才女眼中，这无疑是很可羡的。那么朝云的眼泪恐怕就只剩下了两种可能：或自伤身世，或对东坡的牵挂。

从来就没有单纯的"伤春"，感怀天时，必关人事。朝云有动于中，为自己的侍妾身份而悲，或者为年华老去、青春不再而悲，这都是很可能的。再一种可能性更大的猜测就是对东坡的"放不下"。在自己生命的最后两年，朝云追随东坡，流离转徙，身体状况越来越差，来日茫茫，恐不能陪他走完一生。日后谁陪着这位不同流俗的老先生异想天开，谈空说有？谁指着他的肚皮说，里面是满满的不合时宜？谁在夜深人静、露冷风寒的时候为这个鼾声如雷的人盖被子？"天涯何处无芳草"，其实是"天涯从此无芳草"，在朝云看来，实为最恸的反语。

物之动情，恐非一端，也许朝云的心里是五味杂陈吧。朝云去世五年之后，东坡长逝。

以上都只是猜测，毫无确证，可这些猜测永远不是没有意义的。一首好诗（词）是光影迷离的明珠，从不同的角度看，有不同的光彩。在这首词里，你可以从中看到诗人摇摇头、一笑走远的背影；也可以看到一个无端为情所困的男子，"情不知所起，一往而深"。对于一辈子没完没了犯小人的苏轼，还可以解作政治上的弦外之音。诗无达诂，但不应成为哑谜，读者的权利与快乐难道不就是从"未必不然"中作出发乎己心的理解么？此之谓"接受"。

1　"花褪"句：暮春景象。花褪残红：残花凋谢。青杏：未熟之杏。

2　柳绵:柳絮。

3　"天涯"句:语本屈原《离骚》:"何所独无芳草兮,尔何怀乎故宇?"

4　多情:指行人,听墙内佳人笑声而感触生情。无情:指墙内佳人。她们游戏欢笑,出于无意,并不知墙外听者有心。

西江月

梅花

玉骨那愁瘴雾[1]，冰姿自有仙风[2]。海仙时遣探芳丛。倒挂绿毛幺凤[3]。　　素面翻嫌粉涴[4]，洗妆不褪唇红[5]。高情已逐晓云空。不与梨花同梦[6]。

—— 这是苏轼的两首著名的悼亡词之一，更著名那首不必提了，这一首是写给他的侍妾朝云的。同样低徊婉转，令人伤痛不已。所不同的是更加含蓄、更加内敛，多了一些象征的意味。

全词咏梅，但真实用心则是以梅花的冰清玉洁、高标绝俗比喻朝云品格气质的美好，分不开何者为梅、何者为人，浑然一体，出神入化。最后一句的写法尤使人称奇。梅花有梦，已是奇想奇语，而梅花不肯与梨花同梦，尤为奇中之奇。这种高傲的告白，把梅花推崇到极致，当然也把对朝云的爱意表达到了极致。

朝云的离去，是苏轼生命中的一件大事。她在年仅十二岁（还是个小萝莉）的时候就追随苏轼。任凭造次尘霾于道路之间也无怨无悔,万里相从。她是苏轼凄凉晚年唯一的红颜知己,失去了朝云之后,东坡身边再没有可以联床夜话的至亲之人了。为之一叹。

1　瘴雾:犹瘴气。韩愈《杏花》:"浮花浪蕊镇长有,才开还落瘴雾中。"

2　冰姿:形容梅花美态。见前《洞仙歌》(冰肌玉骨)注释8。

3　绿毛幺凤:《苏轼诗集·再用前韵》"绿衣倒挂扶桑暾"下自注:"岭南珍禽,有倒挂子,绿毛红喙,如鹦鹉而小,自东海来,非尘埃中物也。"另清沈雄《古今词话》:"幺凤,惠州梅花上珍禽,名倒挂子,似绿毛凤而小,其矢亦香,俗人蓄之帐中。东坡《西江月》云'倒挂绿毛幺凤'是也。"

4　"素面"句:传杨贵妃的姐姐虢国夫人不施妆粉,自炫美艳,常素面朝天。杜甫(一说张祜)有诗云:"却嫌脂粉污颜色,淡扫蛾眉朝至尊。"涴(wò),污染。

5　"洗妆"句:形容梅叶淡红。宋庄绰《鸡肋编》:"而梅花叶四周皆红,故有洗妆之句。"

6　"不与"句:王昌龄(一作王建)《梅诗》曰:"落落寞寞路不分,梦中唤作梨花云。"此反其意而用之。

浣溪沙

春情

　　道字娇讹苦未成。未应春阁梦多情[1]。朝来何事绿鬟倾。　　彩索身轻长趁燕[2]，红窗睡重不闻莺[3]。因人天气近清明[4]。

　　本篇也是苏轼名作。所谓"名"，大抵来自这样的评骘：清冯金伯《词苑萃编》引王世贞语："永叔、东坡极不能作丽语，而亦有之。永叔如'当路游丝牵醉客，隔花啼鸟唤行人'，东坡如'彩索身轻常趁燕，红窗睡重不闻莺'，胜人百倍。"清贺裳《皱水轩词筌》："苏子瞻有铜琶铁板之讥，然其《浣溪沙·春闺》曰：'彩索身轻长趁燕，红窗睡重不闻莺'，如此风调，令十七八女郎歌之，岂在晓风残月之下。"

　　诚然，作为大师级的全能词人，不仅苏轼，也包括辛弃疾、陈维崧、朱彝尊、纳兰性德等都不是只有一种笔路，而都是可以左右逢源、并臻妙境的。苏轼这首随意"赋得"之作刻画娇慵懵懂的少女情怀，全无机心，一片天籁，绝不在任一"婉约"词人之下。

　　此类言情之作，格局小了，近于猥亵。看《花间集》，感觉其中情形不是在包房，就是在后花园，而且是孤男寡女居多。
而苏轼几乎没有这类作品，他词里的女性大抵怡情悦性，霁月
光风，是美好心情的一部分。一言以蔽之，曰"清赏"。

1　道字娇讹：意谓少女说话时咬字不准。李白《对酒》："葡
萄酒，金叵罗，吴姬十五细马驮。青黛画眉红锦靴，道字不正
娇唱歌。玳瑁筵中怀里醉，芙蓉帐底奈君何。"

2　趁燕：追上飞燕。这句写荡秋千。

3　睡重不闻莺：睡得很浓，连莺啼声也听不见。

4　困人天气：指使人困倦的暮春天气。

蝶恋花

蝶懒莺慵春过半。花落狂风，小院残红满[1]。午醉未醒红日晚。黄昏帘幕无人卷。　　云鬟鬌松眉黛浅[2]。总是愁媒，欲诉谁消遣[3]。未信此情难系绊。杨花犹有东风管。

　　这是一首"裸词"，一般被列入苏词的《附编》部分，找不到写作年代、背景，有点"赤条条来去无牵挂"的意思，不过写得实在好。

　　《诗经·卫风·氓》里有一段："于嗟女兮，无与士耽！士之耽兮，犹可说也。女之耽兮，不可说也。"这首词说的就是这种状态。一个女孩儿家，如花似玉的年纪，思春渴情，一醉醒来，却只能独对斜阳，内心煞是凄凉。然而煞拍处却说了一句出人意表的话："未信此情难系绊，杨花犹有东风管。"——"我就不信找不到一个牵挂我的人，没什么姿色可言的杨花还有东风经管呢！"年轻姑娘倔脾气上来了真是"无敌"啊！怪不得人家说"女孩子不讲理，上帝都要躲远点"。

　　不讲理是女孩子的专利，所以写女孩子不讲理的诗，也往往脍炙人口。试读几篇，可知"野蛮女友"古已有之，根本就不是现代人的"新产品"。乐府民歌:"打杀长鸣鸡,弹去乌臼鸟。愿得连暝不复曙,一年都一晓。"金昌绪《春怨》:"打起黄莺儿,莫教枝上啼。啼时惊妾梦,不得到辽西。"李益《江南曲》:"嫁得瞿塘贾,朝朝误妾期。早知潮有信,嫁与弄潮儿。"

1　见前《江神子》(天涯流落思无穷)注释1。

2　鬅松:《广韵》:"鬅松,发乱貌。"

3　愁媒:勾引起愁绪的事物。李白《上崔相百忧章》:"金瑟玉壶,尽为愁媒。"消遣:消解,排遣。

南乡子

集句

其 一

寒玉细凝肤_{吴融}[1]。清歌一曲倒金壶_{郑谷}[2]。冶叶倡条遍相识_{李商隐}[3]，争如。豆蔻花梢二月初_{杜牧}[4]。　年少即须臾_{白居易}[5]。芳时偷得醉工夫_{白居易}[6]。罗帐细垂银烛背_{韩偓}[7]，欢娱。豁得平生俊气无_{杜牧}[8]。

其 二

怅望送春怀_{杜牧}[9]。渐老逢春能几回_{杜甫}[10]。花满楚城愁远别_{许浑}[11]，伤怀。何况清丝急管催_{刘禹锡}[12]。　吟断望乡台_{李商隐}[13]。万里归心独上来_{许浑}[14]。景物登临闲始见_{杜牧}[15]，徘徊。一寸相思一寸灰_{李商隐}[16]。

其 三

何处倚阑干_{杜牧}[17]。弦管高楼月正圆_{杜牧}[18]。胡蝶梦中家万里_{崔涂}[19]，依然。老去愁来强

南乡子

集句

其 一

寒玉细凝肤（吴融）[1]。清歌一曲倒金壶（郑谷）[2]。冶叶倡条遍相识（李商隐）[3]，争如。豆蔻花梢二月初（杜牧）[4]。　年少即须臾（白居易）[5]。芳时偷得醉工夫（白居易）[6]。罗帐细垂银烛背（韩偓）[7]，欢娱。豁得平生俊气无（杜牧）[8]。

其 二

怅望送春怀（杜牧）[9]。渐老逢春能几回（杜甫）[10]。花满楚城愁远别（许浑）[11]，伤怀。何况清丝急管催（刘禹锡）[12]。　吟断望乡台（李商隐）[13]。万里归心独上来（许浑）[14]。景物登临闲始见（杜牧）[15]，徘徊。一寸相思一寸灰（李商隐）[16]。

其 三

何处倚阑干（杜牧）[17]。弦管高楼月正圆（杜牧）[18]。胡蝶梦中家万里（崔涂）[19]，依然。老去愁来强

自宽杜甫[20]。　　明镜借红颜李商隐[21]。须著人间比梦间韩愈[22]。蜡烛半笼金翡翠李商隐[23]，更阑。绣被焚香独自眠许浑[24]。

———

这三首《南乡子》是集句词，如同一组奇妙的编钟，高低错落，每一片钟吕都有着不同的风格，演奏起来却极其和谐悠扬。或者像一个复活了前辈高人的笔会，大家团团围坐，各出奇招，联句成章，此乐何极。苏轼的博学强记固然由此可见一斑，其文思的自由灵活更是令人叹为观止。

集句，与回文一样，也是汉语言文学中的高难游戏样式之一。此处借机对其作一梳略。集句之滥觞应在春秋时期。《左传·哀公十六年》记孔子病逝，哀公之诔即分别出自《诗经》中《节南山》与《十月之交》二篇。西晋傅玄取《周易》《论语》《孝经》《左传》等经传字句集合成诗，被称为集句诗作之祖，其后则罕有闻。直至北宋石曼卿、王安石、苏轼等始彰其体，文天祥之《集杜诗》为专集较早且有成就者。明清二代，作者渐夥，并出现如朱彝尊《蕃锦集》、黄之隽《香屑集》等"专门化"的作品集，是为集句创作的丰收期和大成期。

"集句"能否负载感情并被赋予审美价值？从理论上说当然是可以的。作为"引用"这一修辞方式的引申，集句将原有情境下蕴蓄的情感转移并应用于新的情境，其结果一般有二：A．原有抒情功能遭到削弱。B．出现转化后的"新情感"，进而呈现新的审美情态。而无论结果 A 或 B，抒情功能的得以挥发应是无疑义事。探讨"集句"的抒情价值似尤应关注 B 类情况。宋末文天祥被俘幽囚，自杜甫诗中集成五言绝句二百首。他写在这一卷"集杜诗"前的《自序》，是一篇颇具认识价值但常遭人轻忽的文献，故值得一征引：

> 凡吾意所欲言者，子美先为代言之。日玩之不置，但觉为吾诗，忘其为子美诗也！乃知子美非自为诗，诗句自是人情性中语，烦子美道耳。子美于吾隔数百年，而其言语为吾用，非情性同哉！……予所集杜诗，自余颠沛以来，世变人事，概见于此矣，是非有意于为诗者也。

文天祥在此段简短的表述中雄辩地阐明了三点：1) 集句可以获致"但觉为吾诗，忘其为子美诗""非有意于为诗"的效果，这无疑是"集句"所能达到的最理想境界。2) 能达如此境界的表层原因是"凡吾意所欲言者，子美先为代言之"，深层原因则是"情性同"耳！3) 那么，建立在"情性同"基础上的集句相对于原创，其抒情、记史、审美等一系列功能不仅可以不被削弱，反而可能在变异中得到强化。这样开放而透彻的认知，对于向来"睥睨"集句的文学史来说，应当不啻为一剂清凉散。

退一步讲，即便集句作品对原有的抒情功能造成了破坏，然而这也不妨碍它作为一种"有意味的形式"应该获得研究关注。游戏功能是文学的天然属性之一,从提供语言、意境组合的无限可能性的角度看来,作为"文字游戏"重要形式之一的集句无疑是实现这一功能的不可或缺的组成部分。

回到这三首词上来,我们对其引用的诗人频率做一个简单的数量统计即可看出:总数十一位中,盛唐一位,中唐三位,晚唐七位,占压倒性比重。其中杜牧、李商隐的诗句分别达到六处、五处,无愧于晚唐之王的地位。苏轼是文学史上的巅峰之一,无论哪个级别的诗人、作品入其法眼,都有值得思量的地方。日本明治时期著名诗人大沼枕山说过一句令中国文学家大为叹服的话,"一种风流吾最爱,南朝人物晚唐诗"。晚唐风味,不似盛唐之际那样充满了建功立业的豪情,但作品风格更加个性化,更注重"我"的心理感受,对渴望、希望、失望和绝望更有一种无所顾忌的表达。其意气也轻狂放任,其感伤也百转千回,那种感触的多样化,使后代的人很容易找到高度契合对位的地方。如此看来,苏轼这三篇"游戏"之作可供思量处也多,不宜轻轻读过。

1　吴融《即席十韵》:"暖金轻铸骨,寒玉细凝肤。"

2　郑谷《席上贻歌者》:"花月楼台近九衢,清歌一曲倒金壶。"

3　李商隐《燕台四首》:"蜜房羽客类芳心,冶叶倡条遍相识。"

4　杜牧《赠别》其一："娉娉袅袅十三余,豆蔻梢头二月初。"

5　白居易《短歌行》："人生不得长欢乐,年少须臾老到来。"

6　此非白居易诗,唐郑遨《招友人游春》："难把长绳系日乌,芳时偷取醉功夫。"《全唐诗》此诗又收入杜光庭卷。

7　韩偓《闻雨》："罗帐四垂红烛背,玉钗敲著枕函声。"

8　杜牧《寄杜子二首》："狂风烈焰虽千尺,豁得平生俊气无?"

9　杜牧《惜春》："怅望送春杯,殷勤扫花帚。"

10　杜甫《绝句漫兴》："二月已破三月来,渐老逢春能几回。"

11　许浑《竹林寺别友人》："花满谢城伤共别,蝉鸣萧寺喜同游。"

12　刘禹锡《洛中送韩七中丞之吴兴口号五首》其三："今朝无意诉离杯,何况清弦急管催。"

13　李商隐《晋昌晚归马上赠》诗："征南予更远,吟断望乡台。"

14　许浑《冬日登越王台怀归》："月沉高岫宿云开,万里归心独上来。"

15　杜牧《八月十二日得替后移居雪溪馆因题长句四韵》："景物登临闲始见,愿为闲客此闲行。"

16　李商隐《无题二首》其二："春心莫共花争发,一寸相思一寸灰。"

17　杜牧《初春有感寄歙州邢员外》："闻君亦多感,何处倚阑干。"

18　杜牧《怀钟陵旧游四首》其一："歌谣千里春长暖,丝管高台月正圆。"

19　崔涂《春夕》："胡蝶梦中家万里,子规枝上月三更。"

20　杜甫《九日蓝田崔氏庄》："老去悲秋强自宽,兴来今日尽君欢。"

21　李商隐《戏赠张书记》："危弦伤远道,明镜惜红颜。"

22　韩愈《游城南》其六："莫忧世事兼身事,须著人间比梦间。"

23　李商隐《无题》："蜡照半笼金翡翠,麝熏微度绣芙蓉。"

24　此非许浑诗,为李商隐《碧城》其二："鄂君怅望舟中夜,绣被焚香独自眠。"